Bianca

HEREDERO SECRETO
KATE HEWITT

Editado por Harlequin Ibérica.
Una división de HarperCollins Ibérica, S.A.
Núñez de Balboa, 56
28001 Madrid

I.S.B.N.: 978-84-9188-357-9
Depósito legal: M-16113-2018
Impresión en CPI (Barcelona)
Fecha impresion para Argentina: 7.1.19
Distribuidor exclusivo para España: LOGISTA
Distribuidor para México: Distibuidora Intermex, S.A. de C.V.
Distribuidores para Argentina: Interior, DGP, S.A. Alvarado 2118.
Cap. Fed./Buenos Aires y Gran Buenos Aires, VACCARO HNOS.

Capítulo 1

ERA FASCINANTE. Malik al Bahjat, heredero al trono de Alazar, observaba a la chica a distancia. No se trataba de una belleza clásica, pero eso formaba parte de su encanto. Su cabello castaño dorado resbalaba por su espalda en una cascada de hondas y rizos. Tenía el rostro salpicado de pecas y unos ojos vivarachos color avellana que reflejaban sentido del humor, esperanza y alegría, tres cosas de las que carecía la vida de Malik.

Estaba sentada en el brazo de un sofá. Unos shorts vaqueros dejaban a la vista sus piernas doradas; llevaba una camiseta blanca y deportivas moradas. Comprensiblemente, varios hombres charlaban con ella. Cada poro de su sinuoso y grácil cuerpo desprendía vida.

Por contraste, Malik llevaba años sintiéndose como un autómata, programado para cumplir su deber. Dio un paso hacia ella. No acostumbraba a acudir a fiestas. Estaba en Roma para apoyar a su abuelo en las negociaciones para alcanzar un acuerdo comercial con la Unión Europea. Alazar había establecido sólidos vínculos con Europa con los que confiaba estabilizar su precaria economía, así como la península arábiga en su conjunto.

Malik era consciente de la importancia de las reuniones. Asad al Bahjat se había encargado de grabarlo en su mente. De ellas dependía la paz y la prosperidad en Alazar. Por sorpresa, un antiguo compañero de la escuela militar lo había contactado para quedar, y Malik, que apenas tenía vida social, había aceptado. Por una noche, podría comportarse como cualquier otro hombre, como si pudiera controlar su futuro y buscar su propia felicidad. Después de tantos años de obediencia inquebrantable, lo tenía merecido.

Dio otro paso hacia adelante. Aunque estaba a varios metros de ella, la chica lo miró y Malik se quedó petrificado. Ni siquiera quería pestañear para no romper el contacto.

Ella pareció asombrarse, abrió los ojos con curiosidad y entreabrió los labios. Malik se aproximó.

No tenía ni idea de qué decir. Su experiencia con mujeres era increíblemente limitada a causa de las extremas medidas de seguridad que lo rodeaban. Había crecido en el palacio con todo tipo de lujos, pero prácticamente aislado, a excepción de los años de preparación militar. De hecho, aquella debía de ser la primera fiesta a la que acudía que no se tratara de una recepción diplomática o un acto de beneficencia.

–Hola –dijo con voz ronca. Carraspeó.

La sonrisa que le dedicó ella lo caldeó como un rayo de sol.

–Hola –contestó con voz cantarina.

Se quedaron mirando en silencio, como si ninguno de los dos supiera cómo seguir.

Entonces ella rio quedamente y con una mirada pícara, preguntó:

–¿No vas a decirme tu nombre?

–Malik –dijo él, sintiendo que la cabeza le daba vueltas–. ¿Y el tuyo?

–Grace, aunque todo el mundo me llama Gracie. Durante un tiempo intenté recuperar Grace, pero a la gente parecía resultarle pretencioso. Supongo que porque no soy sofisticada, ya sabes, como Grace Kelly –concluyó con una sonrisa de complicidad que cautivó a Malik.

–Encantado de conocerte, Gracie. Me encanta ese nombre.

–Tienes acento –ella ladeó la cabeza y lo observó con una intensidad que perturbó a Malik. Solo era una mirada y, sin embargo, sintió que despertaba su adormecida libido–. Pero no eres italiano, ¿no?

–No, soy... –Malik no quería ser un heredero, un futuro sultán. Eso era lo que llevaba siendo desde los doce años.

«Ahora que Azim ha fallecido, tienes que olvidar tus juegos de niño. Debes ocupar su lugar y ser un hombre».

–Soy de Alazar –dijo finalmente.

Gracie arrugó la nariz.

–No había oído nunca ese nombre. ¿Está en Europa?

–No, en Oriente Medio. Poca gente lo conoce. Es un país pequeño –contestó Malik, y de un plumazo, dejó a un lado su país, su educación y toda su vida sin el menor sentimiento de culpa–. ¿Y tú? ¿Eres americana?

–¿Cómo lo has adivinado? –bromeó ella–. ¿Por mi espantoso acento del medio oeste?

–A mí me parece encantador.

Ella dejó escapar una embriagadora carcajada.

–Es la primera vez que oigo eso. Esta mañana he preguntado por una dirección y me han mirado horrorizados.

–Quienquiera que fuera, era descortés y estúpido –dijo Malik, y la risa que le arrancó lo llenó de felicidad–. ¿Qué haces en Roma?

–Estoy viajando durante el verano antes de empezar la Universidad en Illinois. Siempre he querido viajar, aunque mi gente no lo entienda.

−¿No?

−No, de hecho todo el mundo cree que estoy loca −Gracie continuó enfatizando su acento−. ¿Para qué quieres ver mundo, Gracie? ¡Es un lugar peligroso! −echó la cabeza hacia atrás, de manera que el cabello cayó como una cascada castaña y dorada−. Esa soy yo: la loca que quiere ver mundo.

−Yo no creo que estés loca.

−Ya somos dos −Gracie sonrió−. ¿Y tú, qué haces en Roma?

−Estoy de negocios con mi abuelo. Es muy aburrido −Malik no quería hablar de sí mismo−. ¿Dónde naciste?

−Addison Heights, un lugar sin ningún interés.

−Eres diferente a tus amigos −conjeturó Malik. Era lógico. Gracie no se parecía a nadie. Nuca había conocido a nadie tan rebosante de vida.

Y Malik se dio cuenta con asombro de que ansiaba tocar su sedoso cabello y besar sus labios cómo pétalos. El deseo sexual era algo que había tenido que apartar de su vida, pero en aquel instante lo sintió con toda la fuerza de sus veintidós años.

−Hola, Gracie −un joven con un polo arrugado y un par de botellas de cerveza en su regordeta mano se plantó ante ella. Malik se tensó, irritado por la intromisión. Pero le confortó ver que a Gracie también parecía molestarle.

El hombre intentó dejar a Malik de lado al tiempo que le daba una cerveza a Gracie.

−Aquí tienes.

−Gracias −ella tomó la botella, pero no bebió.

Malik cambió el peso de pie, de manera que su hombro rozara el del intruso. Con su metro noventa, le sacaba más de diez centímetros y era más musculoso y corpulento. Nunca había usado su tamaño para intimidar a nadie, fuera del entrenamiento militar, pero en aquella ocasión lo hizo sin pudor. A Gracie pareció hacerle gracia, porque le dedicó una sonrisa que Malik sintió como íntima y prometedora.

–La verdad es que ya no tengo sed –dijo Gracie al hombre que sudaba al lado de Malik. Le devolvió la cerveza y volvió la mirada a Malik–. Lo que quiero es un poco de aire fresco.

–Yo también –contestó él. Le tendió la mano y ella se la tomó, provocándole una sacudida eléctrica.

–Vayámonos –dijo Gracie con ojos chispeantes. Y Malik la guio fuera de la abarrotada habitación.

«¿Qué estaba haciendo?»

Gracie siguió a Malik echa un manojo de nervios. Soplaba un aire cálido; en la noche resonaban los ruidos de la ciudad: el distante zumbido de las motocicletas, el entrechocar de copas y las risas de los cafés próximos. Se quedaron parados, expectantes, mientras la brisa los acariciaba.

Sin soltarle la mano, Malik se volvió. En la oscuridad, Gracie apenas podía ver sus ojos gris oscuro y sus prominentes pómulos. Era el hombre más atractivo que había visto en su vida. Se había fijado en él en cuanto entró en la fiesta. Era alto, de anchos hombros y elegante. Vestido con una camisa blanca y unos pantalones negros, destacaba majestuosamente entre los jóvenes con vaqueros y camisetas arrugadas. Y él la había elegido.

La recorrió un escalofrío de placer. No era habitual en ella ser tan osada, tan lanzada. Era Gracie Jones, nacida en un pueblo de tres mil habitantes. Nunca había tenido novio, ni siquiera se había besado. Pero no le importaba, porque siempre había esperado a que llegara el momento perfecto.

«¿Habría llegado?»

–¿Dónde quieres ir? –preguntó Malik en un tono ronco que reverberó en ella.

–No lo sé. Llegué ayer a Roma, así que no conozco la ciudad –se encogió de hombros–. ¿Tienes alguna sugerencia?

Malik sonrió.

–Me temo que yo también llegué ayer.

–Así que somos un par de novatos –dijo Gracie, aunque la palabra no pareciera adecuada para describir a Malik. Poderoso, seguro, experimentado, resultaban más adecuadas.

–¿Cómo es que has ido a esa fiesta? –preguntó Malik.

Gracie arrugó la nariz.

–Conocí al tipo de las cervezas mientras paseaba. Me invitó a venir y me ha parecido una buena idea –se había sentido nerviosa y excitada ante la perspectiva de conocer a gente, pero lo que estaba haciendo era aún mejor–. ¿Y si vamos a un café a tomar algo?

–Creía que no tenías sed –dijo Malik con ojos chispeantes.

–Y así es –admitió ella–, pero tenemos que ir a alguna parte.

Malik la miró fijamente y Gracie sintió un ardiente calor en el vientre al descubrir un deseo indisimulado en sus ojos. De pronto se le ocurrieron un montón de sitios a los que ir, un montón de cosas que podían hacer...

Lo que era absurdo, dada su limitada experiencia. Además, no se conocían. No iba a cometer una estupidez en su primer día en Europa. Aun así, no podía negar la evidente atracción que había entre ellos.

–Supongo que tienes razón –murmuró Malik. Entrelazó los dedos con los de ella y fueron hasta un café junto a la Fontana de Trevi.

Las mesas de la terraza estaban ocupadas, pero tras intercambiar Malik unas palabras con el maître, este los condujo a una mesa privada, en la parte trasera, con una magnífica vista de la fuente.

Gracie se sentó, deleitándose en la contemplación de la vista y del hombre que no apartaba sus ojos de ella. Se sentía como si en lugar de sangre tuviera champán en las venas, como si cada uno de sus sentidos estuviera aguzado.

¿Qué tenía aquel hombre para hacerle sentir tan viva, tan expectante? No se trataba solo de que fuera guapo. Sentía una conexión con él, una proximidad primaria que iba más allá del deseo sexual. ¿O simplemente se estaba dejando llevar por el romanticismo de aquella ciudad, de aquella aventura con un hombre espectacular que, si no se equivocaba, acababa de pedir una botella de champán?

–Adoro el champán –dijo impulsivamente, aunque solo lo había probado dos veces.

–Me alegro. Es la mejor forma de celebrar.

–¿El qué?

Malik la observó con una perturbadora intensidad.

–Habernos conocido.

–Pero apenas sabemos nada el uno del otro –dijo Gracie con una risa nerviosa–. Solo sé tu nombre.

–Y dónde vivo. Pregúntame lo que quieras.

–¿Cualquier cosa?

Los ojos de Malik la abrasaron.

–Cualquier cosa.

Gracie se quedó en blanco. Su cuerpo respondía al de Malik, sentía tal tensión en su interior que temía explotar. Su mente era incapaz de procesar nada.

–¿Cuántos años tienes? –preguntó, sonrojándose.

–Veintidós.

¿Solo? Parecía tanto más experimentado y sofisticado que ella... Tenía un aire de autoridad y cierta arrogancia que la fascinaban. ¿Habría nacido así? ¿Serían rasgos aprendidos? ¿Qué demonios vería en ella?

–¿Y tú? –preguntó él con una sonrisa de disculpa.

–Diecinueve.

–¿Y has dicho que vas a ir a la universidad?

–Sí. En septiembre empiezo una carrera en magisterio para necesidades educativas especiales.

Malik frunció el ceño.

–¿Qué es eso?

–Son niños con dificultades de aprendizaje o con discapacidades –aclaró Gracie–. Mi hermano pequeño, Jonathan, es Síndrome Down y ha tenido la suerte de contar con buenos profesores. Yo quiero poder hacer lo mismo por otros niños.

–Es admirable estar al servicio de tu familia –dijo Malik–. Yo siento lo mismo

–¿Sí? –Gracie sintió una punzada de placer y algo más profundo–. ¿A qué te dedicas?

–Ayudo a mi abuelo –contestó Malik. Parecía elegir sus palabras con cuidado– con sus deberes y responsabilidades. Es un... hombre de cierta relevancia en Alazar.

–Ah.

Quizá eso explicaba el aire de dignidad de Malik. ¿Qué sería su padre? ¿Un diplomático? ¿Un jeque?

Gracie contuvo la risa. Se sentía como *Alicia en el país de las maravillas*.

En ese momento llegó el camarero con el champán y no pudo hacer preguntas.

–¿Por qué brindamos? –preguntó Malik, pasándole una copa.

–Por el futuro –dijo Gracie. Y tras una breve pausa, añadió con osadía–: Por nuestro futuro.

Malik sonrió y, sin dejar de mirarla, repitió a la vez que se llevaba la copa a los labios:

–Por nuestro futuro.

Gracie lo imitó. Mientras el burbujeante líquido descendía por su garganta, tuvo que contener la risa. La situación era tan increíble...tan inesperada. Entonces Malik preguntó con voz ronca:

–¿Sientes lo mismo que yo?

El corazón de Gracie se aceleró. Con mano temblorosa, dejó la copa en la mesa.

–Sí –musitó–. Creo que sí.

Malik rio quedamente.

–Pensaba que me lo estaba imaginando. Apenas te conozco...

–Ya.

–Y, sin embargo, hay química entre nosotros.

–Una conexión.

Malik la miró fijamente y Gracie temió haberlo malinterpretado.

–Sí –dijo el finalmente–. Una conexión.

Malik apenas había tocado el champán y, sin embargo, se sentía embriagado. No recordaba cuándo se había sentido tan vivo, tan expectante.

Se le formó un nudo en el estómago. Porque sabía que lo que estaba experimentando solo era temporal, que solo podía durar una noche. No tenía control sobre su vida desde que a los doce años lo habían apartado del colegio, de sus juegos y de la vida sencilla de un segundón. «Azim ha fallecido. Ahora eres el heredero». Malik apenas había asimilado el significado de aquellas palabras, pero había sabido que su vida acababa de cambiar radicalmente. Había pasado de ser un niño tímido, aficionado a la lectura, a convertirse en el futuro sultán, sometido a una formación férrea y apartado de sus seres queridos.

Así que después de diez años cumpliendo su deber a rajatabla, se merecía tener una noche para sí.

Se inclinó hacia adelante y posando la mano sobre la de ella, dijo:

—Vayámonos de aquí.

Una llamarada prendió en los ojos de Gracie.

—¿Para ir adónde?

—A cualquier parte —le daba lo mismo. Solo quería estar con ella.

—Podemos tirar una moneda en la Fontana —dijo Gracie con una sensual sonrisa—. Vivamos un poco.

Eso era precisamente lo que quería Malik. Vivir «un poco».

—Muy bien —dijo. Y se puso en pie. Pagó y salió del café de la mano de Gracie. No quería soltarla.

La plaza estaba llena de gente y de músicos, pero aun así, caminaron hacia la fuente como si estuvieran aislados en un mundo propio.

—¿Conoces la costumbre? —preguntó Gracie con picardía. Malik negó con la cabeza.

—Tienes que ponerte de espaldas y tirar una moneda con la mano derecha por encima del hombro izquierdo —dijo, ejemplificando el gesto con un movimiento grácil.

—¿Y qué se supone que pasa?

Gracie sonrió tímidamente.

—Que vuelves a Roma. Pero hay otra tradición... —se mordisqueó el labio. Malik alzó una ceja inquisitiva y Gracie concluyó—: Consiste en tirar tres monedas —se ruborizó y apartó la mirada.

—¿Para qué? —preguntó él.

–Una para volver a Roma, otra para tener un romance y la tercera para casarte –Gracia rio avergonzada–. Es una tontería.

Malik metió la mano en el bolsillo y bajo la atenta mirada de Gracie, tiró una moneda. Luego tiró otra y Gracie contuvo el aliento.

El corazón de Malik se aceleró al mirarla, y finalmente hizo lo que llevaba queriendo hacer desde que la había visto. La estrechó en sus brazos y la besó.

Capítulo 2

EL ROCE de los labios de Malik con los de Gracie le produjo una descarga eléctrica. Todo su cuerpo fue invadido por una mezcla de anhelo y necesidad. Abrió los labios a la vez que Malik posaba las manos en sus hombros y adentraba la lengua en su boca. Gracie se relajó contra su pecho.

Malik rompió el beso y la miró. Ella sonrió débilmente y dijo:

–Ha sido mi primer beso.

Él abrió los ojos desorbitadamente y admitió:

–También el mío.

–¿Qué? –Gracie se irguió bruscamente–. ¿Cómo es posible?

–¿Por qué te extraña?

–Por-que tú eres... –Gracie indicó vagamente su musculoso cuerpo–. Tienes que haber... –dejó la frase en el aire porque le daba vergüenza ponerle palabras.

–He vivido muy aislado –dijo Malik. Suspiró antes de añadir–: Esta es la primera noche que disfruto de tanta libertad.

–¿Por qué?

Malik se encogió de hombros.

–Por distintas razones.

Gracie intuyó que no quería hablar de ello, así que decidió contener su curiosidad.

–Si esta es tu noche de libertad –dijo, temeraria–,

aprovechémosla al máximo. En cierta medida, también es la mía.

–¿Y eso?

Entonces fue Gracie quien se encogió de hombros.

–Yo también he tenido una vida protegida al vivir en un pueblo pequeño. Soy la penúltima de seis hermanos, y aunque mi familia es maravillosa, no hemos tenido dinero para ir de vacaciones o salir por ahí. Para mis padres, las fiestas del pueblo son el acontecimiento del año. Y no me importa, pero llevo toda mi vida esperando a vivir una aventura.

Y haber conocido a Malik era la mayor aventura de su vida. Gracie quería que volviera a besarla allí mismo, junto a la fuente, ante toda Roma.

Malik pareció leer su mente, porque le miró los labios e inclinó la cabeza.

–Gracie –musitó como una súplica, y la besó a la vez que ella se asía a su camisa y se sumergía en aquel beso, sintiendo que su interior se derretía.

Alguien dejó escapar un silbido y una carcajada y Malik alzó la cabeza.

–Aquí no –musitó.

–¿Dónde? –preguntó Gracie con el corazón desbocado.

Malik la miró fijamente y, acariciándole la mejilla, preguntó:

–¿Vendrías a mi hotel? Tengo una suite en el Hassler, muy cerca de aquí.

Gracie temió que el corazón se le escapara del pecho. Sabía lo que significaba aquella pregunta y no sabía qué responder. Todo había sucedido tan precipitadamente... Y, sin embargo, resultaba tan inevitable.

Era un puro cliché: la viajera cegada por un hombre guapo en una romántica ciudad extranjera. Si sus amigos lo supieran estarían entre sorprendidos y espantados. También escépticos, porque siempre habían pensado que sus sueños eran una locura.

«¿Para qué viajar, Gracie? Tienes aquí todo lo que necesitas».

Sus padres no habían salido de Illinois en una década y su mejor amiga, Jenna, solo pensaba en casarse con su novio del colegio. Nadie de su entorno compartía su curiosidad por conocer mundo.

–¿Gracie? –Malik le acarició de nuevo la mejilla y ella se estremeció–. Podemos quedarnos aquí.

–No, quiero ir contigo –Gracie sonrió con timidez–. Pero acuérdate que este ha sido mi primer beso. Así que... no tengo ninguna experiencia.

–Yo tampoco. Solo quiero pasar tiempo contigo. No tenemos que hacer nada –dijo él enfáticamente.

Pero cuando la besaba, Gracie quería hacer todo tipo de cosas.

–De acuerdo –musitó.

Malik abrió a puerta de su suite con mano temblorosa. Estaba ansioso por tener a Gracie de nuevo en sus brazos. Afortunadamente, su abuelo siempre pedía habitaciones separadas, y Malik solo había visto a un par de guardaespaldas adormecidos en el vestíbulo. Lo último que quería en aquel momento era enfrentarse a la cólera o la desaprobación de su abuelo.

Gracie miró a su alrededor con admiración.

–¡Esto es mucho mejor que mi hostal!

–Ahora esta es nuestra suite. Disfrutémosla –Malik encendió un sistema de música discretamente oculto tras una panel y en el aire flotaron las notas de un saxofón. Gracie sonrió, pero Malik percibió cierta inquietud en su mirada.

Ella se meció al compás de la música y él sonrió, pero no la acompañó. Entonces ella se detuvo y encogiéndose de hombros, dijo:

–No sé qué estoy haciendo.

Malik rio y dijo:

–Yo tampoco.

–¿De verdad? –Gracie sacudió la cabeza–. Resulta tan raro. Pareces tan... –rio y alzó la manos–... en forma.

–Gracias –dijo Malik. Nunca le había preocupado su aspecto físico. Y aunque alguna vez había sido consciente de recibir miradas aprobadoras de las mujeres, nunca le habían afectado como el comentario que acababa de hacer Gracie.

Y el calor que vio en sus ojos lo impulsó a atraerla hacia sí, pero no la besó; solo quería sentir su cuerpo, contemplar su rostro, alzado hacia él con una sonrisa que lo decía todo.

Y, entonces, a pesar de sus inseguridades y de su falta de experiencia, supo exactamente qué debía hacer y lo hizo: le acarició el rostro y el cabello, rozó con la punta de los dedos el puente de su nariz, el arco de sus cejas. Ella exhaló y suspiró temblorosa.

–Me siento como un flan.

–Yo, como si me quemara –dijo él, y deslizó los dedos hacia el seductor hueco de su garganta. Gracie se mordió el labio y Malik siguió bajando sus dedos hacia la uve de su escote. Gracie suspiró de nuevo y él la miró a los ojos.

–¿Puedo?

Ella asintió.

–Sí.

Aunque apenas la había tocado, Malik sentía su cuerpo arder. Podía percibir la intensidad de la respuesta de Gracie por la tensión de su cuerpo y el leve temblor que la recorría.

Malik deslizó las manos hasta su cintura y las abrió, adaptándolas al contorno de sus curvas.

Gracie rio con nerviosismo.

—Esto es tan...

—Lo sé.

Gracie apoyó la cabeza en el hombro de Malik.

—Estoy temblando.

—¿Tienes miedo?

—No. Pero siento tan... intensamente.

—Yo también —Malik rodeo la cintura de Gracie y bailaron al tempo de la música; los senos de ella pegados a su pecho.

Y Malik pensó que habría dado lo que fuera por congelar aquel instante y guardarlo para siempre.

Pero la proximidad de Gracie le hacía anhelar más. La estrechó contra sí, sus caderas se tocaron y ella dejó escapar un suspiro. La música concluyó en una prolongada nota y Gracie alzó el rostro hacia Malik.

Malik vio su precioso rostro y sus labios entreabiertos y la besó. Ella abrió la boca bajo la de él al tiempo que se asía a su camisa. Malik pensó que podría besarla eternamente; que no necesitaba nada más que perderse en la suavidad de sus labios.

Entonces ella le tiró de la camisa y gimió, y Malik se dio cuenta de que quería mucho y más. Y de que ella también.

Gracie se separó un poco de él con la mirada extraviada y los labios hinchados.

—Malik...

Aunque habría sido una tortura, Malik se obligó decir:

—Si quieres parar...

—No —una sonrisa temblorosa afloró a los labios de Gracie—. Estaba pensando lo contrario.

Malik sintió un profundo alivio al tiempo que una sacudida de deseo.

–Gracias a Dios –dijo. Y tomándola de la mano la condujo hasta el dormitorio.

Allí, bajo la tenue luz, Gracie parecía inocente y pura mientras lo observaba con ojos muy abiertos esperando a que tomara la iniciativa. Y a pesar de su propia inexperiencia, Malik sabía qué hacer; qué ansiaba hacer...

Besándola, metió las manos por debajo de su camiseta y sintió un placer tan intenso al acariciar su piel de seda que se quedó sin aliento. Sus senos eran pequeños y perfectos, y cubriéndolos con las manos, pasó los pulgares por sus pezones. Gracie se estremeció.

Súbitamente, la ropa le resultó un estorbo. De un solo movimiento se quitó la camisa y Gracie exclamó quedamente:

–¡Vaya! –y rio con timidez.

–¿Puedo? –preguntó él, indicando su camiseta. Y se la quitó.

Gracie tenía la piel dorada y salpicada de tenues pecas, y Malik ansiaba explorarla milímetro a milímetro. Sosteniéndole la mirada, ella se soltó el sujetador y lo dejó caer al suelo. Sus senos estaban firmes y elevados, orgullosos. Malik alargó una mano para acariciarle uno de ellos, y percibió el temblor que recorrió a Gracie.

Ella posó una mano en su pecho y Malik sintió como si lo marcara con fuego. La atrajo hacia sí, gimiendo cuando sus cuerpos chocaron; y le dio un beso abrasador. Se movieron hacia la cama sin separar ni sus cuerpos ni sus labios, y Malik se dejó arrastrar hacia la experiencia más exquisita que había experimentado en su vida.

«Acabo de tener relaciones sexuales con un desconocido».

Gracie dio vueltas a esa frase en su cabeza, pero no sonaba bien. Ni Malik era un desconocido ni lo que habían hecho era simple sexo. Había sido lo más íntimo, poderoso e increíble que había hecho o sentido. Y quería repetirlo.

¿Querría Malik? Con una timidez que no se correspondía con todo lo que acababan de hacer, Gracie miró a Malik, que estaba tumbado de espaldas, su piel de bronce brillante por el ejercicio; una sonrisa bailando en su hermoso rostro.

Al percibir que lo miraba se volvió hacia ella.

—¿Estás bien? ¿No te he hecho daño?

Gracie sonrió. La molestia inicial había sido sustituida por un placer más profundo del que había sentido nunca.

—Jamás me había encontrado mejor.

La sonrisa que Malik le dedicó hizo que se derritiera de felicidad.

—Yo tampoco.

Tiró de ella y Gracie se adaptó gozosamente a su cuerpo, sintiendo el deseo y la excitación recorrerle las venas como oro líquido, hasta que los paralizó el ruido de la puerta de la suite abriéndose de par en par.

—¿Qué de–...? —empezó Malik. Pero antes de que continuara, un hombre apareció en la puerta del dormitorio.

Gracie vio un rostro severo y autoritario, una figura alta cubierta por una túnica tradicional. Se escondió entre las sábanas, alargando la mano hacia Malik, Pero para su sorpresa, este la rechazó.

—Así que te dejo una sola noche y esto es lo que pasa –dijo el hombre con frialdad al tiempo que miraba despectivamente a Gracie–: Te traes a una vagabunda.

Malik se incorporó ágilmente y se puso los pantalones antes de que Gracie parpadeara.

–Hablemos civilizadamente de esto en la otra habitación –y sin tan siquiera mirar a Gracie, añadió–: Deberías vestirte.

Gracie lo vio salir precedido del hombre maduro. Su mente y su cuerpo estaban paralizados. Tras unos segundos consiguió entrar en acción y levantarse.

Temblando de pies a cabeza, recogió su ropa y se la puso, peinándose con los dedos. Una mirada al espejo del cuarto de baño le mostró el deplorable aspecto que ofrecía; pálida, con la mirada extraviada y el cabello enmarañado. Podía oír el murmullo de voces en la otra habitación, pero no podía entender qué decían. ¿Estaría Malik defendiéndola, explicándole a aquel hombre que había una extraña conexión entre ellos? Gracie temía que no fuera así, porque desde el instante en que aquel hombre había aparecido, Malik había cambiado, se había transformado en un frío desconocido.

Unos minutos más tarde, Malik entró y Gracie retrocedió instintivamente al ver la expresión impersonal de su rostro.

–Es mejor que te vayas.

¿Eso era todo? Gracie abrió y cerró la boca.

–Malik...

–Lo siento –dijo él impasible–. Ha sido una noche... excepcional. Pero eso es todo –se cruzó de brazos–. Lo sabías.

¿Sí? ¿Y la conexión de la que habían hablado?

–Llamaré a un taxi.

Gracie se enfureció. ¿Creía que estaba siendo generoso?

–No, gracias –dijo entre dientes. Se puso las deportivas sin molestarse en atarlas. Tenía que concentrase en no llorar. No pensaba darle esa satisfacción, no estaba dispuesta a humillarse.

Alzando la cabeza con dignidad, pasó al lado de Malik y del hombre que la taladraba con la mirada.

–No pienses que vas a ganar dinero vendiendo la historia a una revista –dijo este con una gélida frialdad.

Gracie lo miró indignada.

–¿Qué...?

–No es necesario, abuelo –dijo Malik, sin mirarla. Actuaba como si no existiera.

–Eres un ingenuo, Malik –dijo el hombre–. Este tipo de mujer...

–¿Por qué iba a vender la historia? –preguntó Gracie antes de que aquel hombre la insultara–. ¿Quién es usted?

Él se irguió

–Soy Asad al Bahjat, sultán de Alazar, descendiente de príncipes y reyes. Y tú –dijo, entornando los ojos– no eres más que una fulana.

Gracie retrocedió, espantada por el insulto. Miró a Malik, pero este se mantuvo imperturbable y no la defendió. Conteniendo el llanto, Gracie dio media vuelta y salió corriendo.

–No hacía falta que fueras tan desagradable –dijo Malik a su abuelo cuando se cerró la puerta tras Gracie. El silencio que se produjo resonó como la calma posterior a una tormenta.

–No sabes de lo que esa chica habría sido capaz –dijo Asad.

–Ni siquiera sabía que era heredero al sultanato.

De todas formas, Malik dudaba que Gracie hubiera hecho nada que lo perjudicara, pero no podía permitirse ser un sentimental. Tenía el peso de una nación sobre sus hombros, y aunque hubiera sido maravi-

lloso, lo cierto era que se había comportado irrespon-
sablemente.

—Pero se habría enterado —dijo Asad con desdén.

—Has sido tú quien, en tu arrogancia, ha revelado el
secreto.

—No se te ocurra...

Malik interrumpió a su abuelo.

—Ya no soy un niño sometido a tus caprichos. Pronto
seré sultán —lanzó una mirada furibunda a su abuelo
antes de dar media vuelta.

Estaba furioso con él, pero también consigo mismo y
con sus circunstancias. Aunque hubiera sabido que solo
podía permitirse una noche, no había querido que acabara así. Y, sin embargo, tenía que acabar; no tenía futuro
con Gracie Jones. Tampoco había sido esa su intención.

—¿Este infantil descaro es lo que te queda de una
noche con una mujer? —se burló Asad—. Seguro que
eres tan tonto como para pensar que la amas.

Malik hizo un rictus.

—Por supuesto que no —él no creía en el amor. Había debilitado a su padre, convirtiéndolo en un fraca-
sado. Él jamás seguiría sus pasos.

—Espero que tomaras precauciones —dijo Asad.

Malik lo miró con los labios apretados y una vena
pulsante en la sien. Asad dejó escapar un exclamación
de indignación.

—¡Qué increíble estupidez! Eres como tu padre,
poniendo por delante los sentmientos a la razón.

—Yo no me parezco en nada a mi padre —replicó
Malik.

Asad sacudió la cabeza.

—Si Azim viviera no nos encontraríamos en esta
situación...

Malik llevaba años escuchando ese lamento. Si
Azim, el heredero, el hermano mayor, siguiera vivo...

Asad había convertido a Azim en un héroe, el joven de catorce años cuya vida había sido arrebatada, el perfecto heredero por derecho propio, al contrario que Malik, el segundón, tan parecido a su padre, delicado, frágil.

Asad había intentado cambiar a Malik, mandándolo a la escuela militar y grabándole en la mente la importancia de cumplir con su deber. Malik había aprendido la lección, pero ya no pensaba dejarse amedrentar. Quizá esa pudiera ser la huella de su noche con Gracie.

—Lo cierto es que Azim está muerto —dijo con frialdad—. Y no puedes hacer nada al respecto, a no ser que tengas poderes que desconozco.

—¿Y si se ha quedado embarazada? —preguntó Asad.

Malik apretó los dientes, irritado consigo mismo por no haber considerado esa posibilidad.

—Es muy improbable —dijo con más convicción de la que tenía—. Pero si lo estuviera, estoy seguro de que dará conmigo y yo resolveré la situación.

—¿Cómo? —exigió saber Asad—. ¿Presentando a tu hijo bastardo a la prensa? ¿Contaminando miles de años de linaje real con la de una americana plebeya?

—¡Basta ya! —saltó Malik. Tomó aire y lo soltó lentamente—. Haré lo que deba.

—¿Eres consciente de cómo puede afectar este tipo de publicidad a nuestro país? —murmuró Asad, que en ese momento aparentaba los setenta y seis años que tenía—. Nuestro acuerdo comercial, nuestras relaciones con las tribus beduinas... lo has arriesgado todo. Alazar es un país tradicional. No puede tener un sultán que se comporta como un playboy occidental. Si siembras la duda en tu gente...

Malik asintió de forma crispada a lo que su abuelo

decía e implicaba. Conocía su deber y lo cumpliría. No avergonzaría a su país yendo en busca de una mujer, por más que esta poseyera más vida y le hubiera proporcionado más felicidad de la que nunca hubiera experimentado.

–Eso no pasará, abuelo. Nunca –dijo con voz queda.

Roma había perdido su magia. De vuelta al hostal, Gracie se duchó y cambió de ropa. Cargando con su mochila, pagó la factura y salió al calor sofocante del verano. Las calles que el día anterior le habían resultado maravillosas, en aquel momento le parecían sucias y abarrotadas.

Una moto pasó a su lado y dejó el aire impregnado de gasolina, un transeúnte chocó con ella. Gracie se ajustó la mochila y tomó aire antes de caminar hacia la estación de autobuses.

A media tarde estaba en Venecia y paseaba por el Gran Canal, confiando en que la belleza del lugar la cautivara. Pero sentía un peso en el pecho y solo podía pensar en cómo Malik la había apartado de sí y le había ordenado que se fuera... Tan distante, casi despectivamente.

Probablemente usaba la supuesta «conexión» para seducir a todas las mujeres. También tenía que ser mentira que hubiera sido su primer beso. ¿Cómo no se había dado cuenta? Había actuado con demasiada destreza para ser inexperto.

Y, además, era el heredero de un país. Así que su abuelo era un «hombre de relevancia». ¡Cuánto se habría reído al tomar el pelo a una americana estúpida e inocente!

Gracie continuó viajando un par de semanas, pero había perdido toda alegría. Solo podía pensar en vol-

ver a casa, junto a su familia y sus seres queridos.
Pero imaginar los comentarios despectivos y la satisfacción que le produciría a aquellos que no compren-
dían su deseo de viajar, le hizo perseverar. Conseguiría olvidar a Malik al Bahjat, heredero al trono de
Alazar.

Hasta que un día lluvioso, en un pueblo de Alema-
nia, vomitó el desayuno y temió estar sufriendo una
gripe estomacal.

Al día siguiente volvió a vomitar. Y al siguiente.
Sus senos empezaron a hincharse y el mínimo esfuerzo la fatigaba. Tardó todavía una semana en aceptar la aterradora verdad: estaba embarazada.

Capítulo 3

Diez años después

–Lo siento, Alteza.

Malik miró al médico con suspicacia.

–Dígame.

–Los resultados del test son concluyentes –dijo el médico inclinando la cabeza–. Sois estéril.

Malik mantuvo el rostro impasible mientras las palabras resonaban en su interior.

–Estéril –repitió sin traslucir ninguna emoción.

El médico alzó la cabeza.

–Como consecuencia de la fiebre que padeció en el desierto. Sucede en raras ocasiones –inclinó de nuevo la cabeza, como si esperara que Malik dictara sentencia,

Pero no era él el sentenciado, sino Malik. Una sentencia de por vida. Era el heredero al sultanato de Alazar y no tenía heredero que lo sucediera. Su compromiso nupcial con Johara Behwar, una joven virtuosa y del linaje adecuado, ya no tenía sentido. Y la estabilidad de su país, que llevaba años al borde de la guerra civil, volvía a estar en peligro.

Subyaciendo a las implicaciones políticas, Malik sintió un personal sentimiento de pérdida que no podía manifestar. Se alejó del médico para recomponerse.

–¿Está completamente seguro? –preguntó en tensión.

–Completamente, Alteza.

Malik cerró los ojos brevemente. Había pasado dos semanas con los beduinos en el desierto de Alazar, esforzándose por unificar y levantar el ánimo de su gente para mantener la paz. Lo había conseguido, pero había pagado un alto precio.

Apenas recordaba la fiebre que le había arrebatado su futuro. Había estado delirando, descansando en una tienda bajo los cuidados de un beduino cuyos conocimientos en medicina natural no había bastado para bajarle la fiebre. Finalmente, había sido trasladado a un asentamiento al que su abuelo había enviado una unidad médica. La fiebre había durado cuatro días más. Los suficientes, tal y como acababa de descubrir, como para dejarlo estéril.

Por un instante, Malik se permitió experimentar el dolor de saber que no tendría hijos a los que educar y criar como sus herederos.

De inmediato, recuperó la entereza. En su vida, en su corazón, no había cabida para ese tipo de sentimientos. No la había habido desde hacía años. El amor era una debilidad, y no podía permitirse ser débil.

–Gracias por hacérmelo saber –dijo, despidiendo al médico con una inclinación de la cabeza.

Cuando el médico se fue, Malik fue en busca de su abuelo.

Encontró a Asad en uno de los salones de la corona, leyendo unos documentos. Malik lo miró desde la puerta, observando su rostro envejecido, sus manos temblorosas. Asad tenía ochenta y seis años y cada uno de ellos se reflejaba en su cuerpo y en su rostro.

Durante los últimos diez años, Malik había ido asumiendo la responsabilidad de gobernar Alazar. Había pasado gran parte del tiempo recorriendo el país a caballo o en helicóptero, atravesando desiertos y montañas, viviendo en condiciones difíciles y negociando con aquellos que tenían el poder de arrastrar el país a la guerra civil. Su matrimonio con Johara y sus futuros herederos debían de haber cementado su poder y la estabilidad del sultanato, junto con la del resto de la Península Arábiga.

¿Cómo reaccionarían los tradicionales beduinos a la noticia de que su sultán era estéril y de que tendría que sucederlo un familiar sin preparación ni conocimiento del país? A Malik se le hizo un nudo en el estómago.

–¿Qué ha dicho el médico? –preguntó Asad en cuanto lo vio entrar–. ¿La fiebre no ha tenido efectos secundarios?

Malik tomó aire, preparándose para una conversación que habría preferido evitar.

–Al contrario –metió las manos en los bolsillos del pantalón. A diferencia de su abuelo, había adoptado el estilo occidental en su vestimenta para acercar Alazar al resto del mundo–. Soy estéril.

Asad lo miró atónito.

–¿Estéril? ¿Cómo es...?

Malik miró a su abuelo sin la menor emoción. Hacía años que no sentía nada. Había estado tan concentrado en cumplir con su deber y en su país que no había quedado espacio para el placer o las relaciones. Ni siquiera le habían interesado.

–Parece que es una de las posibles consecuencias de una fiebre prolongada –dijo, encogiéndose de hombros, aunque los dos supieran las serias implicaciones de la noticia–. La causa es lo de menos, ¿no crees?

–Eso es verdad –Asad guardó silencio y Malik se preguntó qué estaría pensando.

¿Qué podían hacer? Azim había muerto. Si él no tenía hijos, el sultanato pasaría a manos de un primo lejano europeo, alguien a quien no se podría confiar la estabilidad del país, alguien sin formación a quien, al contrario que a Malik, no se habría privado, por necesidad, de todo disfrute o amor en aras de un bien superior.

Con la mirada en la distancia, Asad frunció el ceño.

–Esto plantea un problema –murmuró como si hablara consigo mismo.

Malik rio con amargura.

–Gracias por confirmar lo obvio, abuelo.

Asad lo miró con ojos chispeantes.

–Hay una solución posible.

Malik lo miró expectante.

–¿Cuál?

Dudaba de que su abuelo pudiera producir un hijo de la nada, o que se planteara sustituirlo por un familiar desconocido después de diez años de arduo trabajo.

Asad tomó aire y dijo:

–Tienes un hijo.

Malik lo miró perplejo.

–¿De qué estás hablando? Si tuviera un hijo lo sabría.

–¿Tú crees? –preguntó Asad sarcástico.

Malik no parpadeó. Por supuesto que lo sabría. Podía contar con los dedos de la mano las veces que había tenido relaciones, y siempre había tenido cuidado. Solo en una ocasión...

Malik se quedó paralizado; la sangre se le heló en las venas.

–¿Qué quieres decir? –preguntó airado.

–La chica de Roma –Asad hizo un rictus–. Se quedó embarazada.

Gracie. Malik no se había permitido pensar en ella en todos aquellos años. Inicialmente por una cuestión de disciplina autoimpuesta, porque no podía permitirse ni el más mínimo recuerdo que despertara las emociones que había experimentado aquella noche. Con el tiempo, el dolor había disminuido y se había convertido en un fantasma que solo ocasionalmente lo visitaba en sueños. Gracie formaba parte del pasado, junto con el joven inocente y esperanzado que él había sido entonces. Hasta aquel instante.

–Embarazada –musitó, apretando los puños para dominarse–. ¿Acudió a ti, buscándome?

–Mandó un correo a una de las direcciones del gobierno y me lo hicieron llegar. Me cité con ella en Praga.

–¿Para qué? –Malik estaba tan enfurecido que apenas podía hablar–. ¿No se te ocurrió decírmelo?

–No necesitabas saberlo.

–Eso tendría que haberlo decidido yo.

Asad se encogió de hombros.

–Ahora ya lo sabes.

Malik respiró profundamente. Sabía por experiencia que no tenía sentido discutir con su abuelo.

–¿Qué pasó en Praga? Supongo que le dijiste que desapareciera.

–La compré por cincuenta mil dólares –dijo Asad, despectivamente–. No dudó en aceptar el trato.

–¿No? –Malik no sabía qué pensar. Hacía tanto tiempo que no pensaba en Gracie que ni siquiera sabía qué sentía. Se había quedado embarazada, pero no había insistido en que él lo supiera.

–Lo ingresó al día siguiente –continuó Asad–. Y dio a luz un varón. Me informé.

Malik miró hacia otro lado para ocultar la dolorosa sensación de haber sido traicionado que estaba convencido que se reflejaba en su rostro. Tenía un hijo de diez años.

—¿Cómo has podido ocultármelo todo este tiempo? —preguntó, manteniendo la calma a duras penas.

—No podía hacer otra cosa. La estabilidad del país y tu reputación estaban en juego. El niño es un bastardo de sangre contaminada.

—Es mi hijo —exclamó Malik con una ferocidad que lo tomó por sorpresa.

—Dadas las circunstancias, es tu heredero —admitió Asad con frialdad—. Y por eso debemos traerlo a Alazar. Confiemos en estar a tiempo de moldearlo.

—¿Y si su madre no accede a que lo traigamos?

Asad hizo un gesto de desdén.

—Tendrá que acceder. Y casarse contigo. Tu heredero no puede ser un bastardo —Asad habló como si la idea le repugnara mientras que Malik sintió... No supo identificar la emoción: excitación, quizá deseo.

Apartó ese pensamiento de sí. Cualquier matrimonio que contrajera, sería de carácter práctico, no emocional. No permitiría que los sentimientos gobernaran su vida, tal y como le había pasado a su padre.

—Tal vez el pueblo no acepte una esposa y un hijo americanos —observó.

—Si es así, tendrás que mantenerla alejada de la corte —dijo Asad, indicando con un gesto de la mano la irrelevancia del comentario—. Lo importante es que cumplas con tu deber.

—No necesito que me lo recuerdes —Malik miró a Asad fijamente y añadió—: Yo tomaré mis propias decisiones.

Y salió de la habitación.

Ya en su despacho, Malik contempló la vieja ciudad de Teruk al tiempo que pensaba con un estremecimiento en el hijo cuya existencia había desconocido hasta aquel momento. ¿Cómo podía habérselo ocultado su abuelo? ¿Y Gracie? Por un instante se permitió recordar su cabello, sus chispeantes ojos verdes con destellos dorados, su embriagadora sonrisa. Luego bloqueó esa imagen junto con todas las especulaciones a las que había dado lugar diez años atrás. No podía pensar así en Gracie, y menos sabiendo que había sido capaz de ocultarle la existencia de su hijo. El único papel que podía jugar ya en su vida era el de madre de su hijo o esposa de conveniencia.

−¿Cuál es la capital de Mongolia?

Gracie lo pensó por un instante y se dio por vencida.

−Lo siento, Sam, no lo sé −dijo animadamente−. Pero seguro que tú sí.

−Ulán Bator −dijo él triunfalmente, y Gracie tuvo que contener la risa. Su hijo tenía una insaciable curiosidad de conocimiento que siempre quería poner a prueba.

−Cepíllate los dientes y a la cama −dijo. Guiñándole un ojo.

Con un dramático suspiro, Sam se levantó de la mesa. Gracie llevaba diez años viviendo en un apartamento encima del garaje de sus padres. Constaba de una cocina pequeña, salón, dos dormitorios y un cuarto de baño, pero era acogedor y Gracie estaba agradecida a sus padres por haberle dado la oportunidad de comprarlo.

Diez años atrás, cuando les había dicho que estaba embarazada, y además, de un hombre al que apenas conocía, habían manifestado su perplejidad y su desilusión. Pero la habían apoyado y Gracie nunca se había arrepentido de su decisión. Otra cosa era que ocasionalmente ansiara escapar de los límites de su vida cotidiana, pero eso le pasaba a todo el mundo. ¿Quién no soñaba con aventuras? Eso no significaba que quisiera huir.

Además, no había escapatoria posible. Necesitaba el trabajo a tiempo parcial como profesora de apoyo en el colegio, así como la ayuda de sus padres, aunque a veces les oyera suspirar con resignación o hicieran un gesto de desaprobación, con los que involuntariamente le recordaban que, de los seis hermanos de su familia, era conocida como «la Jones que la fastidió». La chica que fue a Europa y volvió embarazada, el ejemplo que usaban en el pueblo para cortar las alas a cualquier adolescente que soñara con vivir una aventura.

Mientras Sam se preparaba para ir a la cama, Gracie recogió la cocina tarareando. Por la ventana, podía ver la casa de sus padres, con su porche, su bandera americana y sus preciosas flores. Y aunque a veces le mortificaba no haberse desplazado más que unos metros del hogar de su infancia, cuando ya casi alcanzaba la treintena, siempre se recordaba que había sido muy afortunada. Le gustaba su trabajo, tenía una casa propia, a su hijo, y amigos con los que salir de vez en cuando. No podía quejarse.

Acababa de meter a Sam en la cama cuando llamaron suavemente a la puerta.

–¿Gracie?

–Hola, Jonathan –saludó Gracie a su hermano, que la miraba con gesto preocupado–. ¿Pasa algo?

–Tienes una visita.

–¿Quién es? –preguntó Gracie. Todo el mundo se conocía en Addison Heights.

Jonathan negó con la cabeza.

–No lo he visto nunca, pero tiene un aspecto amenazador.

–¿Un hombre con aspecto amenazador viene a verme? –Gracie no sabía si alarmarse o reír. Era verdad que Keith, el encargado de la gasolinera, podía resultar un poco amenazador. Le había pedido una cita y ella lo había rechazado, pero no había contado con que fuera a presentarse en su casa–. Tendré que ver de quién se trata –dijo, posando una mano tranquilizadora en el hombro de su hermano.

A sus veintisiete años, Jonathan vivía en casa de sus padres y trabajaba metiendo la compra en bolsas en el supermercado local. También pasaba varias horas semanales en un centro para adultos con discapacidades y, aunque estaba bien, cualquier cambio o incertidumbre lo perturbaba.

Cruzaron el patio bajo el coro incesante de los grillos. Eran primeros de junio y con el atardecer llegaba una agradable brisa. Gracie giró la esquina de la casa y se quedó petrificada al ver que el hombre que la esperaba era Malik.

Su presencia en aquel escenario parecía totalmente incongruente. Él se volvió hacia ella y por un instante el mundo quedó en suspenso y Gracie se sintió catapultada una década atrás, Prácticamente pudo oír el zumbido de una moto, el goteo del agua de la Fontana mientras Malik tiraba una moneda...

Entonces aterrizó en la realidad tan bruscamente que se quedó sin aliento. No estaban en Roma, viviendo un romance imposible de una noche que ni siquiera era verdad; estaban en Addison Heights, habían pasado diez años y todo había cambiado.

–Malik... –musitó.

–¿Lo conoces, Gracie? –preguntó Jonathan, que miraba a Malik con curiosidad.

Malik desvió la mirada hacia él y afirmó:

–Es tu hermano. Jonathan.

Su voz seguía siendo seductoramente grave, y alcanzó las entrañas de Gracie. Le sorprendió que Malik recordara lo que le había contado sobre su hermano.

–Sí –dijo con la voz quebrada–. ¿Qué haces aquí, Malik? –bastaba pronunciar su nombre para que se sintiera asaltada por recuerdos a un mismo tiempo dolorosos y dulces. Tomó aire–. No esperaba volver a verte.

–En eso confiabas.

Gracie parpadeó ante aquel frío comentario. Y súbitamente se dio cuenta de que Malik conocía la existencia de Sam.

Jonathan le tiró de la manga.

–¿Qué pasa, Gracie?

–Tranquilo, Jonathan, es... un viejo amigo. Tenemos que hablar en privado –Gracie intentó sonreír a su hermano, pero tenía las facciones congeladas. Si Malik estaba allí por Sam, ¿cuáles eran sus intenciones?

Jonathan los observó con inquietud antes de finalmente subir los peldaños del porche hacia la casa de sus padres.

Gracie miró entonces a Malik, observándolo y recordándolo a un tiempo. Aquellas fuertes y largas piernas, los anchos hombros, la mirada con reflejos plateados, la dulce sonrisa... Excepto que en ese instante la miraba con la expresión impersonal y distante de una hermosa estatua.

–No podemos hablar aquí –dijo ella.

–¿Dónde podemos ir?

Gracie era reacia a llevarlo a su casa, pero no tenía otra opción. No podía dejar a Sam solo demasiado rato.

–Vivo a la vuelta de la esquina –dijo.

Malik inclinó la cabeza y Gracie lo precedió hacia su apartamento. Al ver el garaje, Malik preguntó:

−¿Vives en un garaje?

−Encima. Hay unas escaleras en la parte trasera −dijo Gracie. Y subiéndolas con piernas temblorosas, abrió la puerta.

En cuanto Malik entró, el espacio pareció encogerse. Parecía totalmente fuera de lugar entre las coloridas plantas y las paredes amarillas. Gracie fue al fregadero. No sabía ni qué sentir ni qué pensar. Parecía imposible que Malik estuviera allí, y tuvo que apagar una punzada de expectación recordándose cómo la había apartado de su lado.

Malik se cruzó de brazos.

−Deberías de habérmelo dicho.

Gracie lo miró con gesto retador.

−¿El qué? Tú no me dijiste que fueras sultán.

−Heredero al trono −dijo él. Y Gracie dejó escapar una risa que sonó demasiado aguda y nerviosa.

−Ah, perdón −dijo con sorna.

Malik enarcó una ceja en un gesto de incredulidad. Había cambiado mucho. Seguía siendo extremadamente guapo, pero resultaba más frío; más distante e inalcanzable, sin nada de la calidez y ternura que la habían seducido. Pero no debía olvidar que todo eso solo había sido una farsa. El presente era el Malik verdadero. Se lo había demostrado al echarla de la cama.

−No me trates como si fuera idiota. Sabes que me refiero a mi hijo, Grace.

Que la llamara Grace fue un golpe bajo. En cuanto a su hijo... Sam era de ella.

−Nunca he pensado que fueras idiota −dijo Gracie−. Si alguien fue engañado, fui yo.

−¿Con cincuenta mil dólares?

A Gracie le ardieron las mejillas. Así que sabía lo del cheque que Asad le había tirado a la cara. ¿Por qué este se lo habría contado? Su abuelo había querido hacerla desaparecer de la vida de Malik. ¿Por qué contárselo después de tanto tiempo? ¿O lo habría descubierto por sí mismo? ¿Y por qué ella se sentía de pronto culpable por haber aceptado el dinero?

Cuando Asad había dado con ella en Praga tan solo unas horas después de que enviara un mensaje desesperada a una dirección del gobierno, se había sentido asustada y perpleja. La había hecho entrar en su coche de lunas tintadas y le había dicho que se librara del bebé. Cuando ella se había negado, horrorizada, él le había dado el cheque con la condición de que nunca contactara a nadie en Alazar.

Gracie se había encontrado tan superada, tan aterrorizada, que había firmado el papel que le había puesto delante y había aceptado el cheque. Y sí, lo había ingresado. Lo había considerado un pago para el mantenimiento de su hijo los siguientes dieciocho años. De hecho, ese dinero le había permitido quedarse en casa hasta que Sam empezó el colegio.

–¿Por qué no me cuentas lo que sabes? –preguntó Gracie con voz levemente temblorosa.

Malik rio con sarcasmo.

–¿Pretendes cubrirte las espaldas??

–Facilitaría la conversación –replicó Gracie en tono acerado.

Era evidente que la imagen que Malik se había hecho de ella en aquel tiempo se parecía a la de su abuelo.

Y aunque sabía que debía resultarle indiferente lo que Malik pensara de ella, no podía soportar que fuera tan injusto. Ya la habían juzgado bastante en el pueblo por haber sido madre soltera, como para que

Malik, ante quien se había desnudado literal y figura-
damente como no lo había hecho ante nadie, la consi-
derara una aprovechada.

–Vale, te diré lo que sé –contestó Malik–. Sé que tras
nuestra noche juntos te quedaste embarazada, que man-
daste un correo a una dirección del gobierno; que mi
abuelo te ofreció cincuenta mil dólares para que desapa-
recieras, y que los aceptaste –miró con gesto despectivo
a su alrededor y concluyó–: Me extraña que no pidieras
más.

–Vale –dijo Gracie, imitándolo. Se debatía entre
gritar o llorar. ¿Después de diez años esforzándose para
criar a Sam esa era la imagen que Malik tenía de ella?–.
Si sabes todo eso, ¿qué más quieres?

–A mi hijo –Malik dijo aquellas tres palabras con
tal tono de autoridad que Gracie se sobresaltó.

Mirándolo fijamente, dijo:

–¿Quieres a tu hijo? ¿Así, de repente? ¿Después de
diez años sin mostrar el menor interés? –intentaba
sonar fríamente incrédula, pero la voz le temblaba. En
realidad estaba aterrorizada. Las heladoras amenazas
de Asad resonaban tan claras como cuando las había
emitido. Excepto que en aquella ocasión era Malik
quien la observaba con una despectiva, y mucho más
aterradora, frialdad.

–Sí, así, de repente –replicó Malik–. Solo he sabido de su existencia hace tres días. Tú lo has tenido
diez años –con gesto imperturbable, añadió–. Ahora
me toca a mí.

Capítulo 4

MALIK vio que Gracie palidecía y se dio cuenta de que tenía que haber sido más delicado, más persuasivo. Pero diez años en un campo de batalla dejaban huella. Y, en cualquier caso, no disponía ni del tiempo ni de la paciencia suficientes como para intentar convencerla. Conseguiría lo que quería como fuera.

Aun así, no le convenía asustar a Gracie. Era un asunto delicado que exigía de toda su habilidad. Tomó aire.

–Necesito ver a mi hijo, Gracie –el nombre del pasado escapó de sus labios y se dio cuenta de que ella lo notaba. Al instante lo asaltaron los recuerdos, pero los bloqueó. No podía dejar que los sentimientos lo confundieran. Ni en ese momento ni nunca. Él no era como su padre.

–Malik, estoy desconcertada –Gracie se llevó la mano al pecho–. No pensaba volver a verte. Tu abuelo me dijo que debía desaparecer.

–Se ve que te alegró.

–En absoluto –Gracie sacudió la cabeza–. Pero no tenía otra opción. De todas formas, no puedes irrumpir así en nuestras vidas...

–Claro que puedo –dijo Malik con una rabia contenida que Gracie percibió–. No deberías habérmelo ocultado.

Los ojos de Gracie brillaron con ira.

–No tenía otra salida.

–Siempre la hay.

Gracie sacudió la cabeza lentamente.

–Así que yo soy la mala de la película a pesar de que intenté dar contigo y de que tu abuelo está loco. Y ahora quieres que te entregue a mi hijo como si fuera un paquete que puedes recoger cuando te venga en gana. ¡Genial! –volvió a sacudir la cabeza a la vez que se abrazaba a la cintura. Malik vio que temblaba y sintió una punzada de lástima.

–Seamos razonables, Grace –Malik intentó suavizar su tono, pero sentía en su interior una carga de dinamita que amenazaba con estallar en cualquier momento. Tenía un hijo de cuya existencia no había sabido nada, y la culpa era de Asad, pero también de Gracie–. Comprenderás que tengo derechos de paternidad.

–S-Sí –admitió Gracie a regañadientes–. Pero yo tengo los míos.

–Busquemos una forma de avanzar –Malik estaba decidido a manejar la situación con cautela y no olvidar su último objetivo: llevarse al niño a Alazar. En cuanto a casarse... llegaría más tarde. No pensaba mostrar todas sus cartas. Necesitaba la colaboración, incluso la docilidad, de Grace.

Ella se llevó una mano a la cabeza.

–No puedo asimilarlo –dijo–. No puedes aparecer de la nada, Malik, y asumir que voy a aceptar tus planes sin parpadear.

–No he mencionado ningún plan –aunque lo haría pronto.

–Lo sé, pero... –Gracie se mordió el labio y a pesar de su enfado, Malik sintió su cuerpo reaccionar con una sacudida de deseo. Pero no podía permitírselo–. Dame un poco de tiempo –suplicó ella–. ¿Por qué no

nos vemos mañana? Podemos quedar en un restaurante y...

Malik sonrió con desdén. Intentaba manipularlo a
él, al futuro sultán de Alazar.

–De cuerdo. Haré una reserva y te mandaré un coche.

–Puedo ir...

–No. Te recogeré a las siete.

Gracie lo miró airada. No le gustaba recibir órdenes.

–A las siete y media.

Malik tuvo que contener la risa.

–De acuerdo.

Deslizó la mirada por ella, identificando los cambios que había sufrido en aquel tiempo. Su cabello era
un poco más oscuro, aunque seguía cayéndole por la
espalda en una cascada de ondas; estaba algo más delgada, pero al mismo tiempo más redondeada, más
mujer. Llevaba unos pantalones caqui y una blusa
floreada, y unas deportivas coloridas, como las que
llevaba en Roma. Gracie Jones había envejecido, pero
no había perdido nada de su atractivo. Y aunque Malik sabía que no debía importarle, se sintió extrañamente contento.

Volvió la mirada a su rostro.

–Hasta mañana, entonces.

Fue hacia la puerta. Cuando ya tenía la mano en el
picaporte, Gracie dijo:

–Malik, ni siquiera me has preguntado cómo se
llama,

Una emoción indefinida atravesó el escudo tras el
que Malik se protegía. Se aferró al picaporte, desconcertado por la vulnerabilidad que lo asaltó. Tenía que
recomponerse. No podía permitir que la indiferencia
tan arduamente conquistada se resquebrajara.

–No tiene importancia –dijo. Y a pesar de que cada palabra lo hirió como una bala, salió sin mirar atrás.

Gracie no pegó ojo aquella noche. ¿Por qué de pronto Malik reclamaba a su hijo cuando ni siquiera le importaba cómo se llamaba? ¿Cómo iba a exponer a Sam a su frialdad, a una crueldad parecida a la que había mostrado aquella noche?

El problema era que no le quedaba otra elección. Malik era su padre y tal y como había dicho, tenía derechos.

A la mañana siguiente, con los ojos rojos y distraída, riñó a Sam, que la miró sorprendido y dolido antes de que ella lo estrechara en un fuerte abrazo. No podía perderlo. En mitad de la noche, había llegado a temer que Malik pretendiera arrebatárselo, que lo raptara al salir del colegio. Su horroroso abuelo era sin duda capaz de algo así.

Afortunadamente, ya de día, con el sol penetrando por la ventana y el sonido de las risas de niños en el exterior, se preguntó si no estaba dejándose llevar por la paranoia. Malik no cometería un crimen como ese.

Seguía inquieta y temblorosa cuando llegó la hora de prepararse para la cena. Tras pensárselo mucho, había optado por un conjunto profesional: traje de chaqueta oscuro y una camisa blanca. Se recogió el cabello en una coleta y se puso brillo en los labios. Para introducir una nota de color, eligió unos mocasines rojos.

Su hermana Anna llamó a la puerta.

–¿Hay alguien en casa? –preguntó, riendo cuando Sam corrió a abrazarla–. Hola, pequeño. ¿Estás listo?

–¡Sí! –gritó el niño. Y Gracie apareció con una sonrisa forzada.

–Gracias por quedarte con él, Anna.

–Lo hago encantada. Sus primos están esperándolo ansiosos –Anna tenía tres chicos que adoraban a Sam. Miró el conjunto de Gracie, que para su estilo habitual resultaba formal–. ¿Vas a una entrevista de trabajo?

–Algo así –admitió Gracie con un suspiro.

Sam la miró con ojos muy abiertos.

–¿Vas a cambiar de trabajo? A mí me gusta que vengas al colegio.

–Y voy a seguir yendo –lo tranquilizó Gracie–. Esto es para otra cosa.

Gracie se sentía ya enredada en una maraña de mentiras, pero todavía no estaba preparada para hablar con nadie de la aparición de Malik.

Anna frunció el ceño.

–¿Estás bien? Pareces preocupada.

Gracie estaba tan tensa que temió quebrarse.

–Estoy bien –tranquilizó a su hermana–. Solo un poco nerviosa.

Sam fue a recoger su bolsa para pasar la noche en casa de Anna y esta se acercó a Gracie con expresión inquisitiva.

–¿De verdad vas a una entrevista de trabajo?

–¿Te parece que voy vestida para una cita? –intentó bromear Gracie.

–No lo sé –Anna siguió mirándola con preocupación–. Jonathan dijo que anoche vino a verte un hombre de aspecto amenazador.

Así que toda la familia estaba al tanto.

–Ya sabes cómo es Jonathan –dijo Gracie, forzando una risa–. Solo era un hombre muy alto.

–Gracie... no estarás metida en algún... lío, ¿verdad?

Gracie ganó tiempo mirándose en el espejo para ajustarse la coleta.

–¿Qué quieres decir?

–No sé –contestó Anna–. Con dinero o algo...

–¿De verdad crees que un prestamista ha venido a amenazarme a casa?

Anna pareció avergonzada.

–No, supongo que no.

–Estoy perfectamente –dijo Gracie con más convicción de la que sentía–. No te preocupes por mí, Anna –estaba tan harta de ser la hija problemática de los Jones... No quería que todo el mundo murmurara sobre ella. Solucionaría aquella situación fuera como fuera.

Esperó en la acera a que llegara el coche que Malik había anunciado y se quedó atónita al ver aparecer una limusina que se detuvo ante la casa de sus padres. Gracie vio al menos una docena de cortinas descorrerse y sonrió para sí. No sabía si Malik pretendía impresionarla o intimidarla, pero a ella le hizo gracia que las buenas gentes de Addison Heights vieran que la recogía una limusina.

Malik bajó del vehículo presentando un aspecto espectacular con una casaca negra y pantalones negros. Sus ojos chispearon cuando la observó, y Gracie deseó por un instante, haberse puesto algo más femenino.

–Me gustan los zapatos –dijo Malik. Y Gracie se ruborizó como si la hubiera piropeado.

–Gracias.

Malik abrió la puerta y ella se acomodó en el acogedor asiento de cuero, que más bien parecía un sillón. De hecho, entre los asientos había una mesa baja con un jarrón de flores.

–Es como un apartamento –comentó al ver un pequeño frigorífico–. Solo falta una cama –se mordió la lengua por lo inoportuno del comentario.

–Y champán –dijo él, sacando una botella de la nada. Gracie se quedó mirándola como hipnotizada al recordar otra botella de champán en una vida pasada.

«¿Qué estamos celebrando?» había preguntado ella.

«Que nos hayamos conocido», contestó él.

– ¿Por qué has decidido tratarme tan bien? – preguntó después de que Malik abriera la botella y sirviera dos copas– . Anoche fuiste un grosero y ahora...

–Anoche estaba en estado de shock –admitió Malik, pasándole una copa–. Todo esto me ha tomado de sorpresa: saber que tengo un hijo, volver a verte... –su mirada se detuvo en ella por un instante eléctrico; luego miró hacia otro lado–. Siento no haberme comportado bien.

Aunque habló en tono formal, su disculpa resultó sincera. Pero Gracie había aprendido a no confiar en aquel hombre.

–Bueno... –no tenía ni idea de qué contestar, así que dijo–: ¡Salud!

–¡Salud! –contestó Malik dando un sorbo al champán sin apartar la mirada de Gracie. Ella tuvo que hacer un esfuerzo para mantenérsela. Podía sentir que se ablandaba por segundos. Había confiado en mantenerse distante y en retener el control, pero un par de sorbos de champán y ya se sentía vacilar.

–¿Dónde vamos a cenar? –preguntó al ver que salían del pueblo. Tampoco se imaginaba a Malik en ninguno de los modestos restaurantes de la zona.

–A Oriole, en Chicago.

–¡Pero si está a una hora de aquí! –exclamó Gracie, a punto de verter el champán.

Malik sonrió.

–No he podido encontrar un sitio adecuado más cerca.

– Oriole... –el nombre le sonaba familiar y Gracie recordó que había leído que se trataba de un restaurante con estrellas Michelin–. ¿Cómo has conseguido reservar? He leído que hay que hacerlo con semanas o meses de adelanto.

Malik se encogió de hombros.

–No es tan difícil.

«Para un sultán», concluyó Gracie para sí. A pesar de que su riqueza era evidente, seguía resultándole imposible pensar en Malik como el heredero de todo un país. Aquella noche en Roma no era más que un joven maravilloso que la había fascinado. Pero todo había cambiado desde entonces.

Miró por la ventanilla mientras las burbujas del champán la recorrían como un cosquilleo. Sentía que se había quedado sin lengua porque no sabía cómo romper el paréntesis de diez años. «¿Qué tal te ha ido?» resultaba una pregunta absurda, dadas las circunstancias.

–Háblame de nuestro hijo –dijo Malik con voz grave.

–Anoche ni siquiera te importaba su nombre.

–Por favor, Gracie, ya te he dicho que estaba desconcertado.

Como seguía estándolo ella.

–¿Qué quieres saber?

–¿Cómo se llama? –preguntó Malik. Y Gracie percibió una disculpa en su tono.

–Sam.

–Sam –repitió Malik tras un breve silencio–. Es un buen nombre.

–Me alegro de que te guste –dijo Gracie, debatiéndose entre el agradecimiento y la irritación.

Bebió champán a modo de distracción. Malik cambió de postura y a Gracie le llegó el aroma cítrico de su colonia. Y con él, una avalancha de sentimientos a un tiempo dulces y amargos.

Por un instante volvió a sentir el peso de Malik sobre ella, sus brazos enmarcando su cabeza, sus ojos clavados en los de ella mientras se movía en su interior.

Para librarse de aquellos perturbadores recuerdos, preguntó en un tono forzadamente animado:

—¿Qué tal te ha ido a ti?

Malik esbozó una sonrisa.

—He estado ocupado. ¿Y a ti?

Gracie sospechó que lo decía con sorna. Dudaba de que su apartamento lo hubiera impresionado; él debía de vivir rodeado de lujo.

—Bien —dijo con firmeza.

Gracie habría querido preguntarle por sus intenciones respecto a Sam, pero temía hacerlo. Malik se acomodó en el asiento y preguntó:

—¿Qué has hecho estos diez años?

—¿Aparte de criar a nuestro hijo? —replicó Gracie, arrepintiéndose al instante. Usar «nuestro» sugería una realidad inexistente. Al menos hasta entonces.

—Además de eso —dijo él sin inmutarse—, aunque, obviamente, habrá sido lo más importante.

—Obviamente —dijo ella cortante. Suponía que Malik tenía ideas muy conservadoras respecto al papel de los hombres y las mujeres—. Permanecí en casa mientras Sam fue pequeño. El cheque me lo permitió —subrayó—. Cuando empezó el colegio, conseguí un trabajo como profesora de apoyo. Espero llegar a formarme como profesora de necesidades especiales, tal y como quería —pero no había conseguido ahorrar dinero como para hacerlo.

—Y has estado viviendo... —Malik dejó la frase en suspenso y enarcó las cejas.

–Sí, encima del garaje de mis padres –terminó Gracie a la defensiva–. Me gusta estar cerca de mi familia y el precio es ajustado – no comprendía por qué sentía que tenía que justificarse.

–Me alegro de que hayas contado con ayuda –Malik se inclinó y posó una mano en la rodilla de Gracie. Esta sintió una sacudida eléctrica y se quedó mirando su mano morena, sus largos de dedos, que la quemaban a través de la tela de los pantalones. ¿Había sido un gesto espontáneo o calculado? ¿Qué pretendía Malik?

Haciendo un esfuerzo, Gracie apartó la pierna y se giró hacia la ventana. Su cuerpo vibraba por el contacto.

–Gracias –masculló. Y Malik sonrió.

–Háblame de Sam –dijo tras una pausa–. ¿Cómo es? ¿Tienes una fotografía suya?

–Sí... –con una mezcla de nerviosismo y aprensión, Gracie sacó su teléfono y buscó una foto en la que no estuviera haciendo muecas o bromeando. Cuando la encontró, le pasó el teléfono a Malik. Sus dedos se rozaron y Gracie tuvo que tomar aire para dominar el temblor que la recorrió. Después de diez años, Malik seguía afectándola con la misma intensidad. Quizá más.

Malik miró la pantalla con gesto impasible y Gracie sintió que el corazón se le encogía. ¿Qué estaría pensando? ¿Notaría que Sam había heredado el brillo plateado de sus ojos, pero la sonrisa de ella cuando se le cayeron los dientes de pequeña? Claro que eso no podía saberlo. En realidad, no sabían nada el uno del otro. Eran dos desconocidos... Unidos por la maravillosa existencia de su hijo.

En silencio, Malik fue a devolverle el teléfono pero al rozar la pantalla con el pulgar, salió una fotografía de Sam haciendo el payaso en la cocina. Malik miró a Gracie y en tono contenido, preguntó:

–¿Puedo? –indicando el teléfono. Gracie asintió con la cabeza y contuvo el aliento mientras Malik iba pasando fotografías en silencio.

Sam sonriendo a la cámara, Sam jugando con amigos, Sam mostrando orgulloso un tercer premio en el concurso de ortografía.

Observándolo, decenas de preguntas afloraron a los labios de Gracie, pero las reprimió. Se negaba a preguntarle qué pensaba o qué sentía, o a esperar que dijera algo positivo de ese hijo que de pronto reclamaba como suyo. Aunque, se dijo, todavía no había expresado ese deseo. Solo había irrumpido en sus vidas al descubrir la existencia de Sam.

No volvieron a hablar hasta que llegaron al restaurante. El maître les abrió la puerta personalmente y les dio la bienvenida al lujoso comedor, iluminado con velas, que estaba completamente vacío.

Gracie miró a Malik sorprendida.

–Creía que siempre estaba lleno...

–Me he tomado la libertad de alquilarlo en exclusiva–dijo Malik, encogiéndose de hombros–, Quería asegurarme una total privacidad.

–Alteza –dijo el maître–. Es un placer tenerlo aquí.

Gracie se sentó a la mesa sintiendo que la cabeza le daba vueltas, mientras el sumiller le daba la carta de vinos a Malik.

–¿Has reservado todo el restaurante? –preguntó en un susurro.

Malik alzó la mirada de la carta.

–Sí, ¿por qué? –dijo como si no tuviera nada de extraordinario.

–Pero... he leído que hasta las celebridades tienen que esperar meses para conseguir una mesa.

Malik esbozó una sonrisa.

–¿Y?

Esa sola palabra bastó para que Gracie se diera cuenta de hasta qué punto Malik tenía poder, y con ello, la recorrió un escalofrío de inquietud.

–¿Por qué no me dijiste que eras el heredero al trono de Alazar? –preguntó–. Me refiero a cuando nos conocimos.

Un destello iluminó los ojos de Malik y Gracie se dio cuenta demasiado tarde de que no debía haber mencionado el pasado. Aquella noche mágica, maravillosa y terrible.

–Quería pasar desapercibido.

–¿No pensaste que tu título te haría más atractivo? Malik frunció el ceño.

–¿Qué quieres decir?

Gracie se encogió de hombros, como si ya no tuviera importancia.

–Hubiera sido una buena frase para ligar. Claro que conmigo no la necesitaste porque prácticamente me eché en tus brazos –el recuerdo de la prontitud con la que había creído en la «conexión» entre ellos, la avergonzó. Bajó la cabeza para ocultar su rubor.

Malik pareció a punto de contradecirla, pero se limitó a apretar los labios mientras miraba la carta.

–Eso fue entonces. Ahora es ahora.

–Tienes razón –y «ahora» iba a ser completamente distinto.

–El pasado solo importa en relación con Sam.

Ese era el momento de preguntarle cuáles eran sus intenciones, pero antes de que Gracie reuniera el valor suficiente para hacer la pregunta, apareció un camarero.

–Alteza, ¿está listo para pedir?

–Sí, yo empezaré con la langosta y la señorita Jones tomará ostras.

–Muy bien.

Gracie escuchó boquiabierta mientras Malik pedía la comida sin tan si quiera consultarle. Luego entregó la carta al camarero y ella hizo lo mismo, dedicándole una mirada expresiva que él ignoró completamente.

–No sé para qué me la han dado –comentó sarcástica.

Malik no se dio por enterado.

–¿El qué?

–La carta. ¿Y si no me gustan las ostras? –preguntó ella irritada.

–¿Las has probado?

–No –tuvo que admitir Gracie a su pesar–, pero esa no es la cuestión.

–¿No? Quería que tuvieras una experiencia nueva, Grace. Si no recuerdo mal, querías vivir aventuras.

Gracie tardó unos segundos en preparar su respuesta.

–Muchas gracias, pero me gusta elegir mis propias aventuras.

–No lo olvidaré –dijo Malik en un tono que parecía indicar lo contrario.

¿A qué aventuras se refería? ¿Qué futuro insinuaba?

–Malik... –Gracie se humedeció los labios. Bastaba decir su nombre para que se sintiera extraña, para despertar los recuerdos–. ¿Por qué has venido? ¿Qué quieres de Sam?

Hacer la pregunta la alivió y la angustió a un tiempo. Pero al menos así tendría una respuesta.

Malik guardó un prolongado silencio. Sus ojos no dejaban intuir ninguna emoción y mantuvo los labios apretados hasta que adoptó una postura relajada y, haciendo girar la copa sobre la mesa, dijo:

–¿No te parece natural que quiera conocer a mi hijo? Hasta hace tres días no sabía que existiera. Es lógico que haya querido venir.

Dada la reacción de su abuelo y cómo Malik la había tratado aquella fatídica mañana, Gracie estuvo a punto de decir: «No necesariamente», pero no se atrevió.

—Así que... —dijo con prevención—, ¿quieres conocer a Sam?

—Por supuesto.

—¿Y después?

Gracie contuvo el aliento y se dio cuenta de que no sabía qué quería oír. ¿Que Malik dijera que volvería a Alazar y la dejaría tranquila? Pero ¿cómo afectaría a Sam conocer a su padre y que este desapareciera? Y sin embargo... ¿qué alternativa había? ¿Que Malik formara parte de sus vidas? La idea de que Malik se instalara en Addison Heights resultaba absurda.

Por más vueltas que le diera, Gracie acababa en un callejón sin salida. ¿Qué quería Malik?

—Y después —dijo Malik con una cama aplastante—, Sam y tú vendréis conmigo a Alazar.

Capítulo 5

MALIK se dijo que tenía que jugar sus cartas cuidadosamente. Gracie lo miró de hito en hito; fue a decir algo, pero en ese momento llegó el sumiller. Malik probó el exclusivo vino que había pedido y sin apartar la mirada de Gracie, dijo:

—Muy bueno —con un ademán despidió al sumiller.

Gracie se inclinó hacia adelante; sus ojos centelleaban con una mezcla de incredulidad y rabia.

—No podemos ir a Alazar de un día para otro.

Malik tuvo que reprimir la respuesta que saltó a sus labios. Desde que había sabido de Sam, lo único que quería hacer era arrastrar a Gracie y al niño al avión y llevárselos consigo. Pero diez años de negociaciones con los beduinos le habían enseñado a ser más estratégico que impulsivo. Y, al menos por el momento, necesitaba la colaboración de Gracie.

—¿Por qué no?

Gracie lo miró perpleja.

—Porque Sam tiene colegio, y aquí están sus amigos y su vida... Y, simplemente, porque es imposible.

Malik se dio cuenta de que Gracie sentía miedo, pero no entendía de qué. ¿Sospechaba sus intenciones? Era posible; en cualquier caso, debía de ser consciente de que su vida acababa de cambiar. Pero, dado lo que Malik había visto, eso no representaba en sí mismo una desventaja.

—Yo no creo que lo sea —dijo, manteniendo un tono

suave y amable. Se sentía como si estuviera domando a un potro al que le pondría las riendas cuando llegara el momento–. ¿No estamos casi en las vacaciones de verano?

–Sí...

–Sam no irá colegio y tú no tendrás trabajo –Gracie guardó silencio y Malik siguió con una deliberada delicadeza–. ¿Por qué no venir un par de semanas y dar a Sam la oportunidad de conocer sus raíces y a su padre? Yo creo que es una petición razonable, Grace.

Gracie bajó la mirada a la copa de vino mientras intentaba asimilar la idea.

–¿Y después, qué? –preguntó en voz baja–. No puedes entrar y salir de la vida de Sam.

–No tengo intención de hacer eso –dijo Malik con calma. De hecho, no tenía la menor intención de hacer eso, pero Gracie todavía no estaba preparada para saber la verdad–. De ahora en adelante, pienso formar parte de la vida de Sam. Cómo lo haga, depende de los acuerdos a los que podamos llegar, por supuesto.

Un destello de alivio, seguido de otro de temor, cruzó la mirada de Gracie.

–¿Te refieres a... un acuerdo por su custodia?

Malik abrió las manos.

–Usemos las próximas dos semanas para decidir qué camino seguir –hizo una breve pausa antes de continuar–: Todos podemos salir ganado, Grace. Sería una aventura, la oportunidad de conocer mundo con Sam. ¿Por qué resistirte?

Las palabras de Malik eran como un canto de sirenas. Sam nunca había disfrutado de unas vacaciones de lujo, y Malik tenía razón en que padre e hijo debían llegar a conocerse. Sin embargo, Gracie seguía resistiéndose instintivamente; por su hijo y por ella misma. Temía la fuerza de la atracción que Malik ejercía sobre ella. Ya la había comprobado en el pasado, pero en el presente tenía mucho más que perder.

Pero... dos semanas no eran una eternidad. Y le tentaba la idea de demostrar a su familia y a sus vecinos que no era la perdedora que todos la consideraban. En lugar de ser una madre soltera con una vida difícil, un hombre atractivo y poderoso aparecía para llevársela de vacaciones junto a Sam. ¿Era una frivolidad pensar así? ¿Tenía sentido que le importara lo que pensara nadie?

En aquel momento, le daba lo mismo. Malik la miraba intensamente a la espera de su respuesta. Y su propuesta tenía sentido.

—Está bien –dijo, Y exhaló el aliento que no había sido consciente de estar reteniendo–. Iremos dos semanas.

La sonrisa que Malik le dedicó como respuesta la cegó. Cuando sonreía era irresistible. Era una sonrisa peligrosa. Debía conseguir ser inmune a ella.

—Gracias, Grace –dijo Malik, y le apretó la mano. También eso era peligroso. El roce de sus dedos la hizo temblar; invocó el pasado como un calidoscopio sensual que debía conseguir ignorar. De otra manera, no podría sobrevivir a dos semanas junto a él.

—¿Cuándo quieres que vayamos? –preguntó para recuperar el tono práctico que había confiado en imprimir a aquella cita.

—Mañana.

—No puede ser, Malik –dijo atónita–. Sam ni siquiera tiene un pasaporte.

—Eso no es problema.

Gracie sacudió la cabeza, sintiéndose al mismo tiempo impresionada y aterrada por el poder que tenía Malik.

–¿Por qué tiene que ser tan pronto? ¿Qué le voy a decir a Sam... a mi familia?

–La verdad –por un segundo la voz de Malik adquirió un tono acerado, que recordó a Gracie con quién estaba tratando. Malik podía encender y apagar su encanto a su antojo.

–¿Y cuál es la verdad? –preguntó, negándose a que la acorralara–. ¿Le digo a Sam que eres su padre?

–Se lo diré yo cuando llegue el momento –dijo Malik–. Y tú puedes decir a tus padres que un jeque te ha invitado a pasar las mejores vacaciones de tu vida.

Volvió a dedicarle una de sus irresistibles sonrisas.

–Esa no es toda la verdad –dijo Gracie.

–Pero sí una versión aproximada.

Gracie sacudió la cabeza.

–En cualquier caso, tengo que avisar en el colegio. Todavía queda una semana de clases y Sam...

–Te he dicho que eso puedo arreglarlo. Soy el líder de un país, Gracie. No puedo quedarme a esperar a que Sam vaya un par de días al colegio.

Llegó el primer plato y Gracie se quedó mirando las ostras, presentadas sobre una cama de hielo. Miró la langosta de Malik y no supo cuál de los dos platos resultaba más peculiar.

–Esto sí que es una aventura –dijo con un toque de ironía, y Malik soltó una carcajada que la hizo parpadear de sorpresa. Era la primera vez que le oía reír así.

–Te van a gustar. ¿Sabes cómo comerlas?

–¿Hay un método?

–A no ser que quieras mancharte... –Malik se inclinó. Tomó el pequeño tenedor que reposaba sobre el plato, soltó una de las ostras y cuando Gracie esperaba que le pasara el tenedor, vio que se la ponía en la mano y alzaba esta a sus labios. Gracie se echó hacia atrás, sorprendida.

–¿Qué...?

–Sórbela –dijo Malik en tono sensual, sin apartar la mirada de la de Gracie.

Esta pensó que no iba a estar particularmente favorecida al sorber la ostra de la mano de Malik, pero se dijo que eso no debía importarle.

–Vamos –la instó Malik–. Te va a gustar.

Gracie no estuvo segura de si imaginaba el tono sugerente en su voz, el toque de humor, la promesa de sensualidad. ¿Por qué le hacía aquello? ¿Estaba jugando con ella? Esa idea la irritó y le dolió a partes iguales. Sorbió la ostra, que se deslizó suavemente por su garganta.

–¿No está deliciosa? –preguntó Malik. Pero Gracie tuvo que contener una mueca. No estaba convencida–. Además, son afrodisíacas.

–Eso he oído –dijo Gracie con descaro–. Pero no me lo creo.

–¿Necesitas que te convenza?

Gracie temió que el corazón se le fuera a saltar del pecho.

–Déjalo, Malik –dijo con voz queda, sin atreverse a decir más. Y Malik reclinándose en el respaldo, la observó detenidamente.

Para distraerse, Gracie tomó otra ostra mientras Malik empezaba su langosta.

–Tengo la impresión de que has vivido diez años muy tranquilos –comentó.

–Si te refieres a que no he ido a sitios como este a comer ostras, tienes razón –dijo Gracie a la defensiva.

–No era una crítica.

–A mí me ha parecido que sí. Mi vida me gusta, pero está claro que a ti te sigo pareciendo una paleta –Gracie percibió el tono de pesadumbre en su propia voz y cerró los ojos. ¿Por qué habría dicho eso?

–Grace –la voz de Malik sonó como una caricia–. Nunca he pensado eso de ti.

–Da lo mismo –Gracie tomó otra ostra. Empezaban a gustarle–. Como has dicho antes, eso forma parte del pasado. No necesitamos analizar una noche fatídica de hace mil años.

–¿Fatídica? –repitió Malik.

Gracie se sonrojó.

–Excepto por Sam, claro, Él es lo mejor que me ha pasado en la vida.

–Y a mí –dijo Malik con una sinceridad que dejó a Gracie perpleja.

–Pero si ni siquiera lo conoces –dijo.

–Eso cambiará a partir de mañana. Afortunadamente.

–¿Y quién le digo que eres? ¿Cómo le explico las vacaciones?

–¿Un niño de diez años necesita explicaciones para unas vacaciones? –preguntó Malik con sorna.

Gracie pensó que tenía razón. Sam estaría entusiasmado. Quizá era ella quien tenía que dejar de resistirse. Era ella quien temía la tentación que representaba Malik. Y eso no podía interponerse entre Sam y su padre.

–Está bien –dijo, y trató de ignorar el estremecimiento de aprensión y excitación que la recorrió.

–Muy bien. Mañana os recogerán a ti y a Sam –dijo Malik.

–¿Dónde estarás tú?

–Tengo cosas que hacer. Nos encontraremos en el avión de la familia real.

El avión de la familia real. Gracie no podía creer lo que le estaba pasando. O que estuviera accediendo a ir con él.

–Muy bien –dijo. Y Malik volvió a recompensarla con una de sus luminosas sonrisas.

–¿La has convencido? –preguntó Asad en la pantalla del ordenador.

Malik no quería pensar en Gracie y en el deseo que lo había poseído de besarla cuando la dejó en su casa.

–Sí –dijo con frialdad. Gracie todavía no sabía que su intención última era que se casara con él, que Sam fuera su heredero.

Y aunque podía imaginar la resistencia que pondría, también había percibido un intenso deseo en su mirada; también ella recordaba cómo había sido el sexo entre ellos. Y Malik intuía que seguía anhelando vivir aventuras. Convencerla de las ventajas de su plan, era un reto que debía superar.

–Os casaréis en cuando lleguéis –dijo Asad.

–Nos casaremos cuando yo lo decida –dijo Malik, esforzándose por mantener un tono neutro.

–Sam debe de ser legitimado lo antes posible.

–Lo sé –Malik sabía que podía sojuzgar a Gracie, pero eso solo perjudicaría su objetivo.

Aunque el tiempo apremiara, debía actuar con delicadeza, la misma que había adoptado la noche anterior y que había practicado tan escasamente en los últimos años.

–En cualquier caso –añadió–, antes de anunciar la boda, tengo que romper el compromiso con Johara. Y no va a ser fácil.

–Es verdad –Asad se sacudió con una tos cavernosa–. Pero debes actuar con prontitud. Cualquier rumor de inestabilidad...

–Lo sé. Déjalo en mis manos, abuelo. Sabré hacerlo.

Despidiéndose con frialdad, Malik terminó la video llamada y contempló las luces de la ciudad en un estado de profunda incertidumbre. Le desagradaba engañar a Gracie y, sin embargo, sabía que no tenía otra opción. Alazar tenía que ser su prioridad.

Recorrió su lujoso apartamento inquieto. No quería pensar en el niño que había sido, ni en lo inocente e inexperto que era a los veintidós años. Su vida se había centrado en prepararse y esperar, hasta que se había tenido que enfrentar a la cruda realidad de la madurez cuando Alazar se había encontrado al borde de la guerra civil.

Su encuentro con Gracie le había devuelto a su infancia. Le había hecho volver a creer y a desear, y eso era peligroso. Necesitaba a Gracie, pero solo como un instrumento. No podía sentir nada por ella, y mucho menos amor. Los sentimientos eran síntoma de debilidad que conducían a la destrucción, como había demostrado su padre. Malik todavía recordaba su desesperación, su llanto; el pelele en el que se había convertido. Por eso solo podía sentir deseo sexual por Gracie, y pronto lo saciaría.

–¿Mamá?

Gracie miró a Sam. Con su cabello negro, su piel centrina y su seguridad en sí mismo, solo podía ser hijo de Malik.

–¿Estás bien? –preguntó el niño.

–Sí –Gracie intentó sonreír–. Tengo que contarte una cosa.

Eran la ocho de la mañana del viernes y Sam estaba vestido para ir al colegio. ¿Cómo iba a decirle que en realidad iban a subir a un avión para ir a un país que desconocía, a ver a... su padre? No, lo último se lo diría Malik.

–¿El qué? –preguntó Sam, percibiendo que vacilaba.

–¿Te-te gustaría tener una vacaciones increíbles? Sam la miró desconcertado.

–¿Es una pregunta trampa?

–No.

–¿Qué tipo de vacaciones?

–En un sitio que se llama Alazar.

–¡Alazar! –el rostro de Sam se iluminó–. Tiene la montaña más alta de Oriente Medio.

–¿Ah, sí? –Gracie sacudió la cabeza. ¡Qué típico de su hijo saber un detalle como ese!–. ¿Te gustaría ir allí?

–¿Así, de repente? –Sam saltó en la silla–. ¿Cuándo nos vamos?

–Hoy.

–¡Hoy! –Sam sonrió con incredulidad y volvió a saltar en la silla. Gracie tuvo que sujetarla para que no se cayera–. ¡Es genial! ¿Cuándo salimos?

–Un coche va a recogernos al mediodía.

–Tengo que hacer la maleta –Sam se puso en pie–. ¿Qué tengo que llevar?

Gracie no tenía ni idea. Intentando ignorar las mariposas que sentía en el estómago se sirvió una segunda taza de café.

–Un poco de todo. No sé nada de Alazar, pero supongo que hará calor.

Cuando ya iba hacia su dormitorio, Sam se detuvo y dio media vuelta.

–¿Por qué vamos a ir si no sabes nada del país? –preguntó sin que Gracie pudiera decidir si lo hacía con suspicacia o por pura curiosidad.

Gracie bebió café para ganar tiempo. Apenas había

pegado ojo pensando en qué decir a Sam y reviviendo el encuentro con Malik.

–Un amigo mío que trabaja en el gobierno nos ha invitado.

–¿De verdad? –Sam la miró con ojos como platos–. ¿Cómo has conocido a alguien así?

–Durante mi viaje por Europa, hace muchos años.

–¡Qué chulo! Ya verás cuando lo cuente en el colegio.

–Pero vas a perderte la última semana de clases, Sam.

–¡Qué más da! –Sam se encogió de hombros–. Nunca hacemos nada.

Y se fue silbando a su cuarto.

Gracie se dejó caer en una silla. Tal y como Malik había previsto, la primera parte había resultado extremadamente sencilla.

A partir de ahí, sin embargo, se abría un mundo desconocido ante ella, plagado de obstáculos que sortear. Pero iría paso a paso. Era lo único que se sentía capaz de hacer.

Capítulo 6

DIOS MÍO!

Gracie se protegió los ojos con la mano para mirar el espectacular avión de Alazar, una sofisticada máquina negra con rayas rojas en la cola y las alas. A su lado, Sam silbó con admiración.

Había pasado la mañana en un estado de permanente excitación, saltando de la cama al sofá mientras Gracie hacía la maleta, en la que no sabía qué incluir porque no tenía ni idea de qué se esperaba de ella.

Además, había tenido una conversación completamente surrealista con sus padres, en la que les contó quién era el padre de Sam y que iban a verlo a Alazar.

—¿Un sultán? —había preguntado su padre atónito—. ¿Estás segura de que no te engaña?

Gracie sabía que lo decía con su mejor intención, pero estaba harta de que pensaran que no tenía criterio.

—Sí, papá —había respondido arisca. Estaba convencida de la posición que ocupaba Malik en su país; de lo que ya no estaba tan segura era de cómo era como hombre.

Pero estaba a punto de averiguarlo.

—¿Vamos en ese avión? —preguntó Sam asombrado—. ¡Es genial!

—Me alegro de que te guste.

En ese momento, Malik emergió del interior y bajó la escalerilla con gesto serio. Sam se pegó a Gracie.

—¿Quién es ese? —preguntó temeroso.

–Es... –a Gracie se le formó un nudo en la garganta. ¿Por qué tenía Malik un aspecto tan fiero? ¿Por qué no sonreía?–. Es mi amigo.

–Hola, Sam –Malik se detuvo frente al niño sin tan siquiera esbozar una sonrisa.

Sam lo miró con inquietud.

–¿Por qué sabes cómo me llamo?

–Me lo ha dicho tu madre –Malik hizo una pausa mientras escrutaba el rostro de Sam–. Me alegro mucho de conocerte.

–Ah –Sam miró a su madre y luego preguntó–. ¿Este es tu avión?

–Sí. ¿Quieres verlo?

Los ojos de Sam se iluminaron y pasó de la incertidumbre al entusiasmo.

–¡Sí!

Gracie sintió que sus hombros se relajaban parcialmente. El interior del avión era un muestrario de puro lujo. Madre e hijo se quedaron boquiabiertos.

Sam soltó exclamaciones ante los sofás de cuero, los almohadones de terciopelo, los centros de frutas exóticas.

–Es espectacular –consiguió decir Gracie, esbozando una sonrisa.

–Está a vuestra disposición –Malik señaló uno de los sofás–. Poneos cómodos. Si deseáis cualquier cosa, los auxiliares de vuelo os lo proporcionarán.

–¿Cualquier cosa? –preguntó Sam con ojos como platos

Además de dos auxiliares uniformados que esperaban con bandejas y champán, Gracie vio a dos guardaespaldas apostarse junto a la puerta recién cerrada. La asaltó una sensación de claustrofobia que intentó aplacar.

–Relájate –musitó Malik, posando una mano en su

brazo. Y sus dedos propagaron una corriente eléctrica por sus venas–. Estás a salvo, Grace.

–Es un poco como estar en una jaula de oro –dijo ella. Sam estaba explorando el interior y no podía oírla–. Supongo que uno se acostumbra a tener guardaespaldas.

–Desafortunadamente, es una necesidad.

Gracie lo miró alarmada.

–No estaremos en peligro, ¿no? Supongo que Alazar es un lugar seguro –dijo, reprendiéndose por no haberse informado en Internet.

–Vais a estar a salvo todo el tiempo –Malik vaciló y Gracie supo que había algo más.

–¿Qué me ocultas?

–Hay algo de inestabilidad en algunas zonas. Las tribus beduinas exigen una vuelta a las tradiciones. Pero ahora reina la paz.

–¿Ahora? ¿Y antes?

–Nada de eso os afecta a Sam o a ti –dijo Malik con calma–. Yo, junto con mi gobierno, he trabajado mucho estos años para mantener el país en paz y para modernizarlo.

Gracie pensó que sonaba como algo importante.

–¿Haciendo qué tipo de cosas?

Malik se encogió de hombros.

–Creando un sistema de salud, mejorando la educación, estableciendo vínculos con occidente. A algunas tribus no les gusta, pero la población de las ciudades, como la capital, Teruk, está de nuestro lado. Lo importante es encontrar el equilibrio –Malik bajó la voz y añadió–: Estoy deseando enseñaros el país. Después de todo, será la herencia de Sam. Pero te prometo que estaréis siempre ha salvo –concluyó con una solemnidad que tranquilizó a Gracie.

–Gracias –dijo ella, pensando que debía relajarse. Quizá había llegado el momento de disfrutar de la aventura que Malik le estaba proporcionando.

–Ven a ver el resto del avión. Faltan unos minutos para despegar.

–Vale –Gracie indicó a Sam, que estaba en el extremo opuesto, con la cabeza–. ¿Cuándo vas a...?

–Pronto –Malik posó de nuevo la mano en su brazo y Gracie sintió un escalofrío recorrerle la espalda–. Antes, quiero que me conozca un poco.

Gracie decidió que tenía sentido.

–Está bien –dijo.

Malik siguió a Gracie y a Sam, desconfiando de lo que pudiera desvelar su rostro. Sentía una inquietante mezcla de alegría y culpabilidad. Acababa de conocer a su hijo; un hijo que era su vivo retrato y que parecía inquisitivo, interesante y listo; que parecía aceptar la situación, y lo que era más importante, a él, con una afectuosa generosidad. Pero ¿cómo reaccionaría al saber que era su padre? La perspectiva de contárselo lo llenaba de incertidumbre y temor. Y después de tantos años anestesiado, sentir una emoción tan intensa le resultaba casi insoportable.

Vio que Gracie lo miraba con el ceño fruncido e intentó sonreír, pero estaba demasiado tenso. No había calculado sentir lo que se parecía peligrosamente a amor por un niño al que no conocía. Los lazos biológicos eran más poderosos de lo que había esperado. El papel de padre le resultaba a un tiempo ajeno y natural.

Notó una suave presión en la mano y cuando miró, vio que era Gracie, que le apretaba los dedos en un gesto de comprensión y apoyo que lo emocionó. Logró sonreír y Gracie retiró la mano al instante.

–¡Hala! –exclamó Sam al pasar a la sala–. ¡Nunca había visto una televisión tan grande! –y empezó a interrogar a Malik sobre la televisión satélite, además de preguntarle si el avión cumplía con los estándares de seguridad internacional.

–Supongo que sí –contestó Malik, viendo que Gracie sonreía por encima de la cabeza de Sam. Y Malik se sintió inundado por una felicidad que tardó en reconocer por falta de práctica. No recordaba haber disfrutado tanto desde... desde que había estado con Gracie.

–Es así todo el tiempo –le confesó Gracie cuando Sam fue a otra parte del avión–. No para de hacer preguntas.

–Eso es bueno. Lo has educado muy bien.

Gracie lo miró sorprendida y se ruborizó.

–Gracias.

–Parece que te extraña.

–No estoy acostumbrada a que me halaguen.

–¿Por qué no? –preguntó Malik, frunciendo el ceño.

–Bueno..., se me conoce como «la Jones que la fastidió» –Gracie dejó escapar un risita nerviosa y miró hacia otro lado–. Es una broma, pero hace daño.

–¿Por qué dicen eso de ti? –Malik se dio cuenta de hasta qué punto le irritaba que alguien la menospreciara.

Tras una pausa, Gracie dijo finalmente:

–Digamos que en un pueblo como Addison Heights mi situación se considera... desafortunada.

–¿Qué situación?'

Gracie miró entonces a Malik con gesto de exasperación.

–Malik, volví de un viaje por Europa embarazada de un desconocido. No pude ir a la universidad y desde entonces he sobrevivido como he podido en un apartamento encima del garaje de mis padres. Así que me ven como una fracasada –con vehemencia añadió–. Pero no me arrepiento de nada y me gusta mi vida. Sé que te parece poca cosa, pero no la cambiaría por nada. Sam compensa todo lo demás.

–Por supuesto –dijo Malik. Sentía una mezcla de admiración y tristeza por Gracie y por todo lo que había tenido que luchar para construirse una modesta vida. Pero en su fuero interno pensó que eso podía jugar en su ventaja: quizá no le costaría demasiado abandonarla–. Lo siento.

–No es culpa tuya; bueno, una parte genética sí –Gracie sonrió con melancolía–. Sam no ha heredado de mí ni la cabezonería ni las infecciones de oído.

–Puede que esa sea mi contribución –contestó Malik sonriendo–. De niño era bastante enfermizo.

–Me alegro de saber que se le pasará. Ahora no te describiría como enfermizo –dijo Gracie, deslizando una mirada por el cuerpo de Malik que este sintió como una llamarada.

Gracie debió percibirlo porque se ruborizó a su vez.

Malik sintió el deseo recorrerlo como un hierro candente, un abrasador anhelo que luchó por reprimir. Se sentía tan atraído por ella como en el pasado, y sospechaba que la obligada abstinencia sexual que había guardado durante su estancia en el desierto, no ayudaba.

Reflexionó sobre ello mientras Gracie y él se unían a Sam en la biblioteca. El sexo podía complicarlo todo, pero si Gracie y él se casaban podrían disfrutar de un matrimonio apasionado, cimentado en un hijo común. Tenía sentido...para él. Y conseguirá que lo tuviera para Gracie.

Pasaron un rato agradable recorriendo el resto del avión hasta llegar al suntuoso dormitorio con baño incorporado. Gracie miró la enorme cama con sábanas de satén, y al ver que se le coloreaban las mejillas, Malik volvió a sentir el deseo rugir en su interior.

¿Recordaría Gracie su noche juntos? Él recordaba

cada detalle, cada segundo. Y en aquel instante se sentía peligrosamente cerca de repetirlo.

Se separó de la cama.

—Debemos ocupar nuestros asientos para el despegue —dijo—. Una vez estemos en el aire, puedes seguir paseándote, Sam.

—¡Es fantástico! Gracias.

—De nada.

Ocuparon sus asientos en la cabina central. Sam pegó la nariz a la ventanilla, ansioso por que llegara la siguiente fase de su aventura.

—Es la primera vez que vuela —explico Gracie—. Lleva toda la mañana dando saltos.

—Este viaje va a estar lleno de «primeras veces» —dijo Malik—. Espero que todas le gusten tanto.

—Seguro que sí.

Gracie miró por la ventanilla y Malik aprovechó para observarla. Era tan bonita y vibrante como en el pasado. Sabía que el recuerdo de su encuentro representaba un peligro y que no podía debatirse entre las necesidades de su país y las de su cuerpo. Deber y deseo. El deseo podía saciarse, pero el deber debía ganar siempre.

—¡Estamos despegando! —exclamó Sam. Y Gracie dedicó a Malik una sonrisa que hizo que se le acelerara el corazón. Había olvidado hasta qué punto le hacía sentirse vivo.

Gracie retiró la mirada y Malik supo que estaba tan afectada como él, que también sentía la química que había entre ellos, que el pasado también era para ella como el canto de una sirena.

Posó una mano en su muslo y le alegró notar que se tensaba.

—Es un niño maravilloso.

Gracie lo miró sobresaltada.

–¿Piensas eso sin apenas conocerlo?

–Sí –dijo Malik solemne.

Gracie rio.

–Pues gracias, aunque no sé hasta qué punto es mérito mío.

Malik se resistía a quitar la mano de su muslo. El mero contacto le hacía sentirse vivo.

Gracie miró hacia Sam. Que seguía mirando por la ventanilla.

–Está fascinado con todo esto –dijo, bajando la voz–. Cuando se lo cuentes... va a estar encantado. Para él será como un sueño: su padre resulta ser un rey –con labios temblorosos, añadió–: No le rompas el corazón, Malik.

Malik se sintió como si acabara de apretar el suyo en un puño. No se consideraba merecedor del amor de su hijo.

–No lo haré –dijo con la voz cargada de emoción, pensando que no estaba seguro de poder cumplir su promesa.

Gracie cambió de postura y él dejó caer la mano.

–Más te vale –susurró ella. Y se secó los ojos.

Malik se reclinó en el asiento y Gracie se esforzó por mantener la compostura. Había sabido que sería difícil, pero no había calculado que pudiera sentirse tan vulnerable en tantos sentidos. Ver a Sam con Malik la había hecho consciente de un anhelo que nunca se había permitido admitir: el de que Sam tuviera un padre y ella un compañero, un aliado.

«¿Y crees que ese puede ser Malik?»

La noción era tan absurda que casi rio. No podía fantasear. Estaba allí para dos semanas, tras las cuales confiaba en alcanzar algún acuerdo respecto a la custodia de Sam. Gracie había evitado pensar en los detalles, pero en ese momento se obligó a planteárselo.

Quizá Sam podría pasar parte del verano con Malik; alguna Navidad. Aunque a ella le resultara doloroso, podría llegar a aceptarlo. Sam necesitaba un padre, aunque solo fuera a tiempo parcial. Pero entre Malik y ella no habría nada.

Sin embargo, incluso transcurridos unos minutos, podía sentir la mano de Malik sobre su rodilla y con ella la tentación de acurrucarse contra él, de pedirle más.

–Voy a caminar un poco –dijo, poniéndose en pie. Tenía que alejarse de él y de los pensamientos que se movían en círculos dentro de su cabeza.

Recorrió el avión hasta llegar al dormitorio. Puesto que el vuelo a Alazar duraba dieciocho horas, supuso que en algún momento tendrían que dormir. Se vio echada en la cama y antes de que pudiera impedirlo, imaginó a Malik a su lado. Recordaba cada milímetro de su cuerpo, su piel de satén, sus cuerpos desnudos bajo la luz de la velas.

«Détente. No puedes pensar en eso».

–¿Grace? –Malik la sobresaltó apareciendo en la puerta.

Gracie bajó la mirada a su poderoso pecho, a los músculos de sus brazos, perceptibles bajo la camisa de algodón. Malik fruncía el ceño.

–¿Estás bien?

Gracie intentó borrar las sensuales imágenes que su mente había invocado.

–¿Dónde está Sam? –preguntó en tensión.

–Jugando con un videojuego –tras una pausa, Malik comentó–: Pareces inquieta.

Ella se masajeó las sienes.

–No, estoy bien –o lo estaría. Conseguiría dominar sus erráticas emociones–. Solo un poco superada por los acontecimientos –forzó una risa–. Este es el dormitorio más lujoso que he visto en mi vida. Cuesta creer que esté en un avión. ¡Qué cama tan grande!

Se arrepintió al instante. ¡Qué necesidad tenía de nombrar la cama!

—La cama es muy espaciosa —dijo Malik en tono aterciopelado, reposando lánguidamente en el marco de la puerta—. Pero yo recuerdo otra igual de grande, en una habitación tan lujosa como esta.

Gracie contuvo el aliento.

—Eso fue hace mucho tiempo, Malik —dijo con voz temblorosa.

—Sí, pero ahora mismo parece que fue ayer. Llevo todo el día recordándolo, Grace. Tu piel, tu sabor; cómo respondías a mis caricias —dio un paso hacia el interior y Gracie se quedó paralizada mientras el pulso se le disparaba. Malik continuó—: Y creo que tú también te acuerdas. Dime que sí.

Gracie sentía que se derretía bajo su mirada y que perdía el dominio de sí misma.

—Sí, lo recuerdo. Pero... —ni siquiera pudo terminar la frase.

—¿Pero? —la acució Malik. Fue aproximándose lentamente hasta que estuvo tan cerca que Gracie pudo percibir el calor que irradiaba y sintió que su cuerpo oscilaba hacia él, Malik añadió—: Pero nada. Lo que hay entre nosotros es muy poderoso, Grace. Siempre lo ha sido.

Malik la tomó por los hombros con gesto de primaria determinación. El corazón de Gracie latió desbocado cuando sus senos entraron en contacto con su pecho.

—Malik... —susurró suplicante, dejando caer la cabeza hacia atrás con los labios entreabiertos en una muda invitación.

Malik tenía razón, la atracción era tan fuerte como

antes. El anhelo la poseía, la asaltaba en oleadas, su cuerpo ansiaba que la tocara, su boca imploraba sus besos.

Y Malik atendió su muda súplica, agachando sus labios hasta los de ella, calientes y dulces. Gracie se aferró a sus hombros, atrayéndolo hacia sí, ansiando sentir sus cuerpos en pleno contacto. La pulsante sensación que notaba en su centro se intensificó al notar la excitación de Malik contra la ingle. Hacía tanto que no se sentía así, que no deseaba ni se sentía así de deseada. Diez años enteros.

Malik la recorrió con las manos hasta anclar sus nalgas contra sus caderas a la vez que la devoraba con la boca. Cada empuje de su cuerpo aceleró la espiral de deseo que Gracie sentía, hasta que gimió prolongadamente. ¿Iba a humillarse ante él, deshaciéndose al primer roce de sus manos? Y qué más daba si podía ser así de maravilloso.

A través de la neblina que se había adueñado de su cerebro, se dio cuenta de que Malik se había detenido. Él se separó con la respiración agitada y dijo:

—Así no. No hay ninguna necesidad de precipitarnos.

—Pero no deberíamos hacerlo... —no sonó a una verdadera oposición. Porque aunque Gracie supiera que no debían, que sería difícil y complicado, lo deseaba. Enormemente.

Malik sonrió con satisfacción.

—No suenas demasiado convencida, pero lo hablaremos más tarde. Por ahora, disfrutemos el uno del otro de otra manera. La comida está lista en el comedor.

Le tendió la mano. Con el corazón en la garganta, Gracie se la tomó y Malik la guio fuera del dormitorio.

Capítulo 7

LA ATMÓSFERA era perfecta. Velas, porcelana, copas de cristal. Sam ya había cenado y se había retirado a la sala de audiovisuales, con una colección de DVDs, videojuegos y libros. El comedor era acogedor; las cortinas que tapaban las ventanillas creaban la ficción de estar en un lujoso comedor suspendido en el aire. Estaban en una completa soledad... precisamente lo que Malik quería.

Seguía sintiendo la fiebre en la sangre con la que le había dejado el encuentro con Gracie en el dormitorio. No había contado con seducirla tan pronto; y de hecho, tenía la sensación de que él había sido el seducido. Gracie despertaba en él un deseo incontenible que se había expresado en su manera más básica y perentoria. Un deseo que ella había expresado con igual intensidad.

Pero tenía que actuar con cautela. Necesitaba convencer a Gracie de que un matrimonio de conveniencia entre ellos funcionaría mejor sin complicarlo con sentimientos o amor, al contrario de lo que sospechaba que ella querría. La convencería como fuera de las bondades del plan. El beso había marcado el principio.

Gracie se detuvo en la puerta del comedor y observó la mesa exquisitamente vestida, con candelabros y plata.

—Es...muy bonito –dijo.

Malik le separó una silla.

–Me alegro de que te guste.

Ella se aproximó lentamente y se sentó. Malik le puso la servilleta en el regazo y le rozó con los dedos los muslos. Percibió que la recorría un escalofrío y sintió una violenta satisfacción.

–Todavía te turbo, Gracie.

–Creía que ya te habías dado cuenta –dijo ella con un estremecimiento–. Se ve que hay cosas que no cambian.

–Me alegro –Malik se sentó frente a ella y sirvió vino.

–Solías llamarme Gracie –dijo ella, mirando el rojo líquido vertiéndose en la copa.

Ese nombre llevaba a Malik a un tiempo más dulce e inocente al que no podía volver.

–Sí –fue todo lo que dijo.

–Has cambiado, Malik –el comentario, expresado en tono neutro, sacudió a Malik. Gracie continuó–: O quizá no has cambiado y el chico que conocí en Roma no ha existido nunca –la trémula nota de dolor tensó a Malik–. ¿Por-por qué me dijiste que me fuera? Pensé que habíamos compartido algo verdaderamente especial.

Malik guardó silencio mientras decidía cómo contestar. No había contado con que Gracie fuera tan sincera, y en un arranque de imprudencia, contestó de la misma forma.

–Compartimos algo excepcional.

Gracie sacudió la cabeza con tristeza, pero sacó fuerza de la vulnerabilidad que se reflejaba en sus ojos.

–Al menos dime una cosa. ¿Fui de verdad tu primera mujer?

Malik sintió una presión en el pecho.

–Sí –Gracie escrutó su rostro en busca de la verdad–. Nada de lo que dije era mentira, Grace.

–Entonces ¿por qué fuiste tan frío a la mañana siguiente? Prácticamente me echaste a patadas. Podías haber dicho lo de: «ha estado bien, pero». Eso podría haberlo asimilado –apretó los labios y se retiró el cabello detrás de la oreja–. O tal vez no. Quizá pensaste que era mejor romper violentamente, sobre todo con tu abuelo en la habitación.

–Esa noche es como un sueño –dijo Malik lentamente–. Un momento fuera de la realidad. Despertar, encontrarme con mi abuelo, esa era la vida real. Y lo cierto era que haberme dejado ver en público contigo había sido una imprudencia.

Gracie se irguió, sobresaltada.

–Gracias –dijo con amargura.

–No por ti, sino por quién era yo. No podía ser visto con una mujer occidental. De haberse hecho público, podía haber dado lugar a una revuelta entre los que exigían un heredero más tradicional.

–¿Y ahora? ¿No va a haber ningún problema cuando aparezcas con tu hijo occidental?

–Puede que sí –dijo Malik con calma–. Pero controlaré la información. Sabrán que Sam es mi hijo cuando yo lo decida.

Gracie abrió los ojos consternada.

–Y cuando se haga público ¿qué va a pasar con Sam? No soporto la idea de que se vea acosado por la prensa. ¿Qué necesidad hay de que lo cuentes? Después de todo, no va a quedarse en Alazar.

Malik apretó los labios. La conversación estaba tornándose peligrosa.

–Grace, tanto su vida como la tuya han cambiado. Es inevitable.

–Lo sé –Gracie hizo girar la copa en la mesa–. Pero no quiero que cambie demasiado.

–¿No? –preguntó Malik en un tono que despertó la suspicacia de Gracie.

–¿Qué quieres decir?

Malik abrió las manos y dijo pausadamente.

–Antes has insinuado que tu vida no es plenamente satisfactoria. Ser madre soltera ha sido difícil. Puede que tengas por delante cambios agradables. Y yo también.

–Puede –Gracie pareció pensarlo un momento–. O puede que no.

Malik decidió no presionarla. Tenía que ser cauteloso.

–Háblame de los últimos diez años –dijo Gracie tras una pausa–. No sobre tu papel oficial, sino sobre tu vida personal. ¿Tienes aficiones?

Malik parpadeó, desconcertado por la pregunta.

–No –pensó en las extenuantes negociaciones de paz con las tribus, en las noches en constante alerta–. ¿Y tú?

–Me gusta hacer punto de cruz. Es muy relajante –Gracie sonrió con malicia–. Deberías probarlo.

Malik sonrió a su vez.

–Puede que lo haga.

Gracie dejó escapar una cantarina risa como las que Malik recordaba.

–¡Me cuesta imaginármelo!

–¿Qué más te gusta hacer? –preguntó él con genuina curiosidad.

–Lo habitual: ir al cine, la lectura, salir a cenar –Gracie puso los ojos en blanco–. ¡Qué aburrido suena!

–No para mí –Malik nunca habría descrito a Gracie como aburrida.

–La jardinería –continuó ella–. Aunque mi madre es muy posesiva con su huerta.

Malik pensó en los jardines del palacio real a imitación de los jardines colgantes de Babilonia.

–Puede que algún día tengas tu propio huerto.

–Puede –Gracie dijo sin convicción–. Intento pasar el mayor tiempo posible con Sam, aunque hago voluntariado en el centro de discapacitados del pueblo, y también leo libros a personas mayores los sábados.

–Estás muy ocupada.

–Me gusta ayudar a la gente. Y ya que no soy neurocirujana, hago lo que puedo.

Gracie sonaba exactamente igual que diez años atrás.

–¿Qué hacéis Sam y tú?

–De todo. Como habrás observado, es pura energía –Gracie sonrió con un amor que la hizo aún más deseable–. Siente curiosidad por todo, especialmente la geografía. Jugamos a juegos de mesa... –sus ojos se iluminaron–. ¡Esa puede ser tu nueva afición: jugar con tu hijo a juegos de estrategia! –vaciló un instante, pero siguió con determinación–: Os sentaría bien a los dos pasar algo de tiempo juntos.

–Eso es lo que pretendo –pero Malik no tenía en mente escenas tan familiares; de hecho, no se había planteado qué podía esperarse. Y, sin embargo, en aquel momento, se dio cuenta de hasta qué punto eso le gustaría.

Llegó el primer plato, una ensalada de cuscús y pepino, y Gracie le preguntó por Alazar.

–Suena a que es un país muy agreste. Pero antes has mencionado una capital.

–Sí, el palacio real está en Teruk, que es una ciudad muy hermosa. Su casco antiguo es uno de los conjuntos arquitectónicos mejor preservados de Oriente Medio.

—¿Y el resto el país?

—La mayor parte del interior es un desierto rodeado de montañas. Es inhóspito, pero las tribus beduinas llevan instaladas en él miles de años.

Gracie lo miró con inquietud.

—Y, por lo que dices, son fuente de inestabilidad.

—Sí, pero justo antes de venir he firmado un tratado de paz. Solo quieren que se les permita mantener su estilo de vida.

—¿Y es posible? ¿Qué hay de los cambios que intentas introducir?

—Confío en que sean compatibles. No debemos acabar con sus tradiciones y no tiene sentido occidentalizar a una población que vive en el desierto. Pero Teruk es diferente.

—¿Ellos sí quieren modernizarse?

—Yo creo que sí, aunque siempre hay quien se resiste al cambio —Malik bebió vino. Estaba disfrutando de charlar con Gracie sobre temas que, con su abuelo, siempre estaban cargados de tensión—. Hay una nueva escuela para mujeres, con la que todo el mundo está satisfecho.

—Me alegro.

—Pero nos queda un largo camino. Por ejemplo, en lo que concierne a educación especial —apuntó Malik.

Tal y como había calculado, Gracie lo miró con interés.

—¿Estás haciendo algo al respecto? —preguntó.

—Hay un gran vacío y ahora que el país es estable, querría trabajar en esa dirección. ¿No era eso a lo que tú querías dedicarte?

—Sí —Gracie sacudió la cabeza—. Parece que recuerdas todo lo que dije aquella noche.

–Así es –las dos palabras sonaron tan cargadas de emoción que Malik se sintió más expuesto de lo que habría querido–. Fue una noche mágica

Bajo la tenue luz de las velas, en el silencio que los rodeaba, podía recordar a la perfección lo extraordinarias que habían sido aquellas horas... y fue consciente de hasta qué punto quería volver a experimentarlas.

–El paseo por las calles adoquinadas... –dijo sin poder contenerse–. Las monedas en la Fontana de Trevi...

–Dos monedas –dijo Gracie en una voz tan ronca como la de él y un brillo dorado en los ojos–, para pedir un romance.

–Quizá debiera haber tirado tres –Malik la miró fijamente para transmitirle el calor que sentía en su interior; para que se planteara el futuro desde una nueva perspectiva, unidos por un deseo que los atraía como una serpiente que los entrelazara.

Gracie apartó la mirada y se pasó una mano por el rostro.

–No me hagas esto, Malik.

–Tú también lo sientes, Grace. Gracie –se permitió decir el nombre que tantas veces había susurrado en sus sueños–. Lo sé. En el dormitorio...

–Claro que lo siento –dijo ella precipitadamente–. Pero, por Sam, no podemos complicar las cosas.

–No tiene por qué ser una complicación.

Gracie miró entones a Malik con rabia.

–¿Eso crees? ¿Qué sugieres, otra noche juntos? Lo siento, pero no me interesa –concluyó, separándose de la mesa.

–Eso no era ni mucho menos lo que sugería.

–¿Entonces qué? –exigió saber Gracie.

Malik calló mientras consideraba sus opciones. Todavía no podía enseñar todas sus cartas.

–Solo te pido –dijo con calma– que estés abierta a... todas las posibilidades.

Gracie lo miró desconcertada.

–¿Qué posibilidades? ¿Por qué tengo la sensación de que me ocultas algo muy importante?

–Nadie puede predecir el futuro, Grace.

–¿Ahora vuelvo a ser Grace? –Gracie sacudió la cabeza–. No me mientas otra vez, Malik.

–Yo no te mentí...

–En realidad sí. Debías de haberme dicho que eras sultán.

–Y tú que estabas embarazada.

–Lo intenté...

–Y yo. ¿Podemos dejar eso atrás?

Gracie se encorvó como si se quedara sin aire y susurró:

–Estoy tan confusa, Malik.

Como lo estaba él. Disfrutaba de estar con Gracie, de charlar con ella, y más aún de besarla. Pero eso le impedía pensar con claridad respecto a sus intenciones y a su objetivo último: Alazar.

–Todo se aclarará –prometió–. Para los dos.

Acarició la mejilla de Gracie y esta, suspirando, cerró los ojos. La asaltaban mil emociones al mismo tiempo. Un instante sentía la sangre recorrerla ardiendo en deseo, y al siguiente la dominaba el temor. Tenía que tranquilizarse y pensar en aquellas dos semanas como una oportunidad para Sam y para ella, para recuperar parte de su juventud y reflexionar sobre el futuro.

Respirando profundamente, sonrió.

–Dime, ¿qué vamos a hacer en Alazar?

–Quiero enseñaros el país: los palacios, las montañas...

–Sam dice que en Alazar está la montaña más alta de Oriente Medio.

–¡Qué chico tan listo! –exclamó Malik con un orgullo que hizo sonreír a Gracie.

–Lo quiere saber todo. ¿Tú eras así de pequeño?

Malik tardó en contestar.

–Hasta que cumplí doce años. Entonces todo cambió –dijo finalmente.

–¿Qué pasó?

Se produjo otro silencio, Gracie contuvo el aliento, intuyendo que Malik iba a decir algo transcendente.

–Mi hermano mayor, Azim, fue secuestrado –dijo con voz queda–. Y yo me convertí en heredero al trono.

Gracie ahogó una exclamación.

–Eso es terrible, Malik. ¿Qué le pasó?

Malik abrió las manos.

–Nadie lo sabe. Los secuestradores no se pusieron en contacto con el palacio. Simplemente desapareció y no fue visto nunca más.

–Lo siento mucho –Gracie no podía imaginar una pérdida así. Sus hermanos podían enfurecerla, pero los adoraba–. ¿Estabais unidos?

–Sí –dijo Malik, el monosílabo cargado de dolor.

–¿Y tus padres? –Gracie se dio cuenta de que quería saberlo todo de aquel misterioso y complejo hombre.

–Mi madre murió de cáncer cuando yo tenía cuatro años. Mi padre... –Gracie percibió que intentaba componer el gesto inexpresivo con el que había empezado a familiarizarse, pero no lo logró plenamente–. Mi padre adoraba a mi madre. Cuando ella murió..., perdió el juicio. La desaparición de Azim fue la gota que colmó el vaso. Mi abuelo le pidió que renunciara al trono y ahora vive en el Caribe. No lo he visto desde que tenía doce años.

–¿Te abandonó? –preguntó Gracie horrorizada.

–Era un hombre débil –dijo Malik con aspereza.

Gracie empezaba a comprender por lo que había pasado Malik y hasta qué punto el concepto de familia era importante para él.

–Así que te quedaste solo con tu abuelo –reflexionó en voz alta.

–Sí. Hasta entonces apenas se había ocupado de mí, pero al desaparecer Azim y mi padre... –Malik se encogió de hombros–. Tuve que recibir una educación estricta, entrenarme y vivir protegido como heredero al trono.

–Por eso te sentías aislado.

–No podíamos correr el riesgo de que me raptaran, como a Azim.

–De ahí que yo fuera la primera mujer a la que besabas –musitó Gracie, ruborizándose al instante porque el recuerdo fue acompañado del de sentir su cuerpo pegado al suyo, moviéndose dentro de ella.

–Sí –contestó Malik con voz ronca.

Se produjo un silencio cargado y Gracie respiró profundamente para dominar la oleada de emoción que amenazaba con ahogarla. No podía permitirse ser tan sensible.

–A veces me pregunto qué habría sucedido –añadió Malik todavía en un grave susurro.

Gracie intentó reír, pero fracasó.

–Eso es siempre peligroso.

–Lo sé... pero tú también te has preguntado qué habría pasado entre nosotros, ¿verdad, Gracie?

–Lo dejaste muy claro cuando me echaste de tu cama, Malik –dijo ella, aunque extrañamente, el recuerdo no le resultara en ese momento tan doloroso.

–No tenía otra opción, pero de haberla tenido... –Malik dejó en el aire las posibilidades que se hubieran abierto ante ellos.

Gracie sintió al instante que se le aceleraba la sangre, que su cuerpo respondía a la intensidad con la que Malik la miraba.

–No me hagas esto –musitó con voz temblorosa. Y poniéndose en pie, añadió–: Voy a ver cómo está Sam.

–Voy contigo –dijo Malik, aproximándose a la puerta.

Los dos asieron el picaporte al mismo tiempo, y el roce de sus manos bastó para que Gracie sintiera un estallido de fuegos artificiales en su interior. ¿Cómo iba a conseguir resistirse a él si cada roce hacía que su cuerpo reaccionara así?

Tenía la verdad ante sí: no lo conseguiría.

Con la otra mano, Malik la hizo volverse hacia él y la besó lenta y sensualmente. Gracie se balanceó hacia él y se asió a su camisa para recuperar el equilibrio. Malik apoyó su frente en la de ella.

–Vayamos a ver a Sam –dijo.

Y Gracie se limitó a asentir en silencio.

Sam estaba concentrado en un videojuego.

–Hola, guapo –Gracie se acercó y le alborotó el cabello, alegrándose de poder distraerse de la intensidad que acababa de experimentar con Malik–. ¿Te diviertes?

–Sí –Sam alzó los ojos una fracción de segundo de la pantalla–. ¡Es un juego genial!

–Me alegro –Gracie miró a Malik, que los observaba con un gesto impasible. Le resultaba incomprensible que un segundo antes pudiera ser tan delicado y sexy, y al siguiente, se mostrara tan distante.

–¿Quieres jugar? –preguntó Sam a Malik. Malik lo miró sorprendido.

–No he jugado nunca.

Sam abrió los ojos como platos.

–¿No has jugado nunca a un videojuego?

Malik esbozó una sonrisa.

–No.

–Tú tampoco has jugado tanto, Sam –apuntó Gracie–. No tenemos una consola en casa.

–Yo tampoco, pero puedo probar –dijo Malik. Y Sam le dio un mando.

Gracie se sentó y escuchó a Sam explicar a Malik cómo se jugaba. Pronto Malik empezó a apretar botones bajo la atónita mirada de Gracie. Jamás hubiera imaginado que alguna vez vería a padre e hijo juntos.

¿Qué habría querido insinuar Malik al decirle que se mantuviera abierta a diferentes posibilidades? ¿Se refería a una relación entre ellos? Gracie se estremeció. Malik le había destrozado el corazón tras una única noche. ¿Podía confiar en él?

Sam dejó escapar una carcajada al ver la nave espacial de Malik estallar en mil pedazos en la pantalla. La sonrisa de Malik hizo prender una bola de fuego en el interior de Gracie. Que empezara a albergar esperanzas, a fantasear, era peligroso. No podía arriesgarse a pensar en la posibilidad de un futuro juntos... ni ella ni Sam soportarían el golpe si Malik desaparecía de sus vidas.

Capítulo 8

UN SOL amarillo limón iluminaba un cielo de un intenso azul mientras el avión se disponía a aterrizar en Teruk.

Gracie sentía los nervios a flor de piel. Apenas había pegado ojo a pesar de que Malik había dormido en un sofá cama en la cabina principal y les había cedido a Sam y a ella la cama. El recuerdo del beso, el magnetismo que Malik ejercía sobre ella, el suspense de lo que la esperaba, la había mantenido despierta.

Aquella mañana, Malik ofrecía un aspecto descansado y perturbadoramente distinto, con una túnica de lino y un turbante. Era la primera vez que lo veía con el vestido tradicional de su país y lo encontró irresistible.

—¡Mira qué de montañas, mamá! —exclamó Sam desde su asiento.

—¡Es verdad! —dijo Gracie, apartando la mirada de Malik y mirando por la ventanilla.

Desde el aire, Alazar mostraba un paisaje agreste de cadenas montañosas áridas y zonas desérticas. Solo se veía algo de verde en la franja de la costa.

—Iremos directamente al palacio de Teruk —dijo Malik.

—¿Tienes un palacio? —preguntó Sam atónito.

—Le he dicho que trabajabas para el gobierno —explicó Gracie a Malik en un susurro. Él sonrió.

–Sí. Mi abuelo es el sultán de Alazar, Sam, y yo le sucederé.

Sam abrió los ojos como platos.

–¡Guau! –exclamó.

Gracie continuó escuchando mientras Malik iba describiendo el palacio a Sam a la vez que iban descendiendo.

Unos minutos más tarde, el avión tomaba tierra y los guardaespaldas se dirigían a la puerta. Gracie se levantó.

–Espera –Malik posó una mano en su brazo y ella lo miró expectante.

–¿Qué pasa?

–Lo siento, pero no sería prudente que desembarcaras así –dijo él, indicando su vestimenta.

Gracie bajó la mirada hacia su falda de batik y la blusa de algodón que le cubría los hombros y los brazos con las que confiaba haber acertado. Pero por la mirada de Malik, dedujo que no.

–¿Que tiene de malo mi ropa?

–Lo siento. Quizá debería de haberte explicado antes... –Malik bajó la voz–. Tu presencia en Alazar va a resultar... desconcertante.

Gracie lo miró alarmada. Malik continúo:

–La súbita aparición de una mujer americana en mi vida... –Malik abrió las manos–. Hay que evitar que la prensa lo convierta en un escándalo.

–Vale –dijo Gracie, pensando que era razonable. No tenía el menor interés en ser acosada por la prensa.

–¿Te importa ponerte esto?

Malik le mostró un pañuelo para la cabeza. Gracie vaciló y finalmente dijo:

–De acuerdo –lo tomó y empezó a ponérselo–. ¿Así?

–Sí, aunque... –Malik se lo ajusto delicadamente y

al sentir el roce de sus dedos en las mejillas, Gracie contuvo el aliento–. Así. Estás preciosa –Malik le hizo girarse hacia un espejo y Gracie parpadeó sorprendida. Con el rostro enmarcado en el oscuro pañuelo, resultaba exótica, incluso enigmática.

–Estás muy chula, mamá –dijo Sam.

–Sé que para ti no es habitual –musitó Malik, tan cerca de ella que su aliento le acarició el rostro–. Gracias por ponértelo.

Gracie asintió con la cabeza porque no se atrevía a hablar. Sentía demasiadas emociones encontradas, y la poseía un incontenible impulso de acurrucarse en el sólido torso de Malik.

–Hay otro asunto –Malik bajó las manos de sus hombros.

–¿El qué?

–Por cuestiones de seguridad, tenemos que viajar en coches separados. Nos veremos en el palacio. ¿Te importa?

–No, lo comprendo –contestó Gracie.

Pero aunque fuera razonable, le inquietaba que desde el momento en que había aterrizado en Alazar, Malik hubiera ido distanciándose a pesar de mantener una actitud considerada y amable. Hasta el punto de que el hombre con el que había charlado y reído, que la había besado, había desaparecido. ¿Habría sido solo una actuación?

Quizá su cambio de actitud solo se debía a que había vuelto a su país y a sus responsabilidades. Y eso podía comprenderlo. Forzando una sonrisa, dijo:

–Muy bien, ¿podemos bajar ya?

El calor la golpeó como una bofetada cuando salió del avión. La calima hacía que todo pareciera titilar: el cielo, la pista de aterrizaje, la ondulante arena y las distantes montañas. Un pequeño grupo de gente esperaba al pie de la escalerilla con cámaras y ramos de flores.

Empezó a bajar con paso indeciso y Malik, percibiéndolo, la sujetó por el codo con firmeza.

–Ya queda poco –le dijo en voz baja.

Sam miraba a su alrededor con ojos muy abiertos. Ante sí, Gracie vio un sedán negro con la puerta abierta. Oyó el clic de las cámaras y las preguntas en árabe dirigidas a Malik. Gracie mantuvo la mirada fija en el coche, anhelando encontrarse en la privacidad de su interior.

Afortunadamente, pronto entraba en él, con Sam a su lado.

–Nos vemos en palacio –se despidió Malik.

Lo que le había parecido razonable unos minutos antes, de pronto le dio miedo. Gracie habría querido que Malik viajara con ellos. Él debió de percibir su inquietud, porque añadió:

–Solo son unos minutos, te lo prometo.

El coche arrancó y avanzó a gran velocidad. El desierto se extendía a ambos lados, las oscuras montañas se elevaban hacia el refulgente cielo. Era hermoso, pero también desolador. Gracie se volvió a Sam.

–Ya estamos en Alazar.

–Sí, es genial –Sam se pegó a la ventanilla–. ¿Cuál será el monte Jebar?

–¿Qué monte?

–¡El monte más alto de Alazar!

–No lo sé. Malik te lo dirá –Gracie miró al conductor de rostro inexpresivo y ojos cubiertos por unas gafas de sol. Entrelazó las manos y recordó el contacto de la mano de Malik.

Todo iría bien.

Diez minutos más tarde, el sedán llegaba a un magnífico palacio de piedras doradas que parecía extenderse en todas direcciones hasta perderse en el horizonte. A través de los cristales tintados, Gracie pudo ver cúpulas y chapiteles, y una entrada de arcos moriscos rodeada de jardines y fuentes.

Una exclamación ahogada escapó de sus labios al ver aquel escenario de cuento de hadas. El coche se detuvo ante una puerta lateral, el chófer bajó y le abrió la puerta.

—Su Alteza quiere que se acomode y lo espere —dijo en un perfecto inglés—. Si necesita cualquier cosa, no tiene más que dejármelo saber.

—Gracias —musitó Gracie, siguiéndolo hasta la puerta de madera tallada ante la que el chófer hizo una reverencia indicándole que entrara.

Un hermoso corredor de azulejos daba acceso a un patio con una fuente y varios bancos de piedra. En el centro había una mesa con un mantel de lino, una jarra con zumo y un cuenco con higos y dátiles El único sonido procedía del apacible gorgoteo del agua en la fuente.

—¡Qué chulo! —exclamó Sam, tomando un higo.

—Sam... —lo amonestó Gracie, sin saber cómo debían comportarse.

—Está a su disposición —dijo el chófer—. Un sirviente acudirá a atenderlos. Entre tanto, si desean cualquier cosa...

—No, gracias —dijo Gracie, sintiendo que la cabeza le daba vueltas.

El hombre inclinó la cabeza y los dejó solos.

—¿Vamos a quedarnos aquí? —preguntó Sam incrédulo.

—E-eso parece —había cuatro puertas en forma de arco, profusamente decoradas. Gracie sintió de pronto más curiosidad que aprensión—. ¿Quieres que exploremos?

–¡Claro!

Cruzaron uno de los arcos, que conducía a un elegante salón cuyas ventanas de celosía se abrían a un aire fresco, impregnado de azahar. Había divanes bajos, almohadones de seda, flores y cuencos con fruta en distintos rincones. La atmósfera era apacible y acogedora, y Gracie se vio acurrucada en uno de los sofás... con Malik.

Sam le tiró de la mano y recorrieron el resto de las habitaciones. La siguiente consistía en un dormitorio con una cama enorme y un lujoso cuarto de baño, cuya bañera tenía el tamaño de una piscina pequeña.

Al otro lado de la siguiente puerta encontraron de hecho una piscina con sauna y un pequeño gimnasio. La última puerta llevaba a otro dormitorio, tan suntuoso como el primero.

–¿Todo esto es para nosotros? –preguntó Sam en un susurro.

–Eso parece.

Gracie oyó que se abría una puerta y, al volverse, vio a una mujer joven aproximarse, sonriente, desde el pasillo que debía conducir al resto del palacio.

–Buenas tardes. Es una placer poder servirles –dijo la mujer–. Mi nombre es Laila.

Hizo una pequeña reverencia y, sirviendo dos vasos de zumo, insistió en que se sentaran a descansar.

–¿Desea la señora un tratamiento en el spa, un relajante masaje corporal?

–No, gracias –Gracie jamás había ido a un spa–. Quizá más tarde.

–¿Algo para comer o beber? Lo que deseen...

–¿Puedo comer helado? –preguntó Sam impulsivamente.

–Sam... –intervino Gracie.

–Por supuesto. ¿Qué sabor?

–¿Chocolate con nueces?

–Ahora mismo.

Gracie tenía la sensación de haberse adentrado en un mundo de fantasía donde todos sus deseos eran concedidos. ¿Habría vendido su alma sin saberlo?

–Disculpe. Podría decirme cuándo vendrá Ma... Su Alteza Real Malik al Bahjat,

El rostro de la mujer se ensombreció pasajeramente.

–No lo sé. Tiene una reunión con el padre de su prometida.

Gracie parpadeó.

–¿Su prometida? –repitió pausadamente.

–Con su padre, sí. La boda tendrá lugar en unos meses –la mujer volvió a sonreír–. Hace años que no se celebra una boda real.

–¡Qué emocionante! –logró decir Gracie a pesar de que sintió un torbellino de sentimientos, ninguno bueno–. Por favor, trasmita a Su Alteza mi enhorabuena.

Malik entró en uno de los salones de palacio, donde lo esperaba Arif Behwar, sintiendo una intensa presión en las sienes. Quería volver junto Gracie, y lo último que necesitaba era saber que su abuelo estaba enfermo en cama y que el padre de su prometida estaba esperándolo.

–Arif –Malik inclinó la cabeza a modo de saludo–. ¡Qué sorpresa!

–También lo ha sido tu viaje a América y saber que has vuelto con una mujer y un niño –replicó Arif en tensión–. Puesto que te vas a casar con mi hija en unos meses, comprenderás que me haya inquietado.

Malik cerró la puerta.

–¿Qué has oído?

–Solo eso. ¿Quién es esa mujer, Alteza? –preguntó Arif, logrando que el título honorario sonara a insulto.

Malik apretó los labios. Pretendía posponer la noticia de Gracie y Sam hasta haber legitimado su situación.

–Me temo que mis circunstancias han cambiado –dijo con cautela.

Arif frunció el ceño.

–¿En qué sentido?

–Ya no puedo casarme con tu hija.

–Teníamos un acuerdo...

–Acabo de descubrir que soy estéril –la noticia, proporcionada sin rodeos, dejó Arif mudo.

–¿Cómo afectará eso a nuestro país? –preguntó finalmente Arif.

A Malik le agradó ver que le preocupaba más Alazar que su hija.

–Espero que de ninguna manera. Mi esterilidad es reciente, resultado de una fiebre prolongada que sufrí en el desierto –Malik hizo una pausa, evaluando cuánto podía desvelar, y decidió que uno de los principales miembros del gobierno debía saber la verdad–. El niño que he traído conmigo es mi hijo.

Arif enarcó las cejas.

–Pero es un bastardo.

Malik se enfureció.

–No insultes a mi heredero.

Arif no rectificó.

–¿Y la mujer, es su madre?

–Sí –y en tono amenazador, Malik añadió–: Y pronto la sultana.

Arif lo miró atónito.

–¿Vas a casarte con ella?

–Por supuesto.

–Los beduinos se resistirán a tener una sultana occidental y más aún a un heredero...

—Tendrán que aceptarlo —dijo Malik con vehemencia.

—No sé si sabes a lo que te expones —dijo Arif

—Voy a cumplir mi deber. Eso es todo lo que necesitas saber —dijo Malik, despidiéndolo con una brusca inclinación de cabeza.

Unos minutos más tarde, Malik fue en busca de Gracie y de Sam. Los había alojado en el ala más segura del palacio y confiaba en que lo hubieran pasado bien durante su ausencia, y en que Gracie no hubiera empezado a preocuparse, tal y como tendía hacer en cuanto no estaba él a su lado para ahuyentar sus dudas.

Entró en el que había sido el harem de su madre, que llevaba décadas vacío, y oyó ruido en la piscina.

Sam estaba nadando y Gracie, sentada al borde, tenía los pies metidos en el agua. Se había quitado el pañuelo y su cabello dorado caía en cascada sobre sus hombros. Alzó la mirada hacia Malik con gesto serio.

—Hola —saludó fríamente.

Y Malik percibió al instante un cambio en su actitud.

—¿Estáis cómodos?

—Sí, gracias.

¿Qué le pasaba?

—¿Os gusta vuestro alojamiento?

—Claro.

Malik se aproximó intentando adivinar qué sucedía.

—¿Está todo bien?

—Perfectamente —replicó Gracie con aspereza—. Solo que... —lo miró con expresión acusadora y preguntó—: ¿Cuándo pensabas hablarme de tu prometida?

Capítulo 9

GRACIE se arrepintió al instante de hacer esa pregunta porque le hacía sonar quejosa, cuando en realidad estaba confundida. Malik la había besado y le había pedido que mantuviera sus opciones abiertas. La posibilidad de haber interpretado equivocadamente sus intenciones le hacía sentirse humillada y dolida.

–Ahora no podemos hablar –dijo Malik, mirando hacia Sam.

–Entonces ¿cuándo? –Gracie susurró en tono acusador–. ¿Por qué me besaste si vas a casarte en unos meses?

–No voy a casarme –dijo Malik, apretando los dientes.

–¡Pero estás prometido!

–Lo estaba.

–¿Vas a nadar con nosotros? –preguntó entonces Sam.

–Encantado –contestó Malik. Y mirando a Gracie fijamente, añadió–: Hablaremos en otro momento.

Sintiéndose a un tiempo amonestada y frustrada, Gracie asintió y Malik fue por su traje de baño.

Cuando volvió, Gracie se quedó sin aliento. Había olvidado lo maravilloso que era su cuerpo, su piel centrina, sus músculos.

Mientras lo observaba jugar con Sam, vio marcas que no recordaba del pasado. Parecían heridas profundas, y se preguntó qué las habría causado.

¿Qué experiencias habría tenido durante aquellos años? Le había contado episodios de su infancia y de su vida adulta dominada por las obligaciones que habían hecho pensar a Gracie en la posibilidad de que Sam y ella pudieran proporcionarle un poco de felicidad.

Pero eso no sucedería si Malik estaba prometido.

Lo cierto era que, aunque solo se hubiera dado cuenta al saber que estaba prometido, las posibilidades a las que había hecho referencia Malik le habían hecho albergar la ingenua y fantasiosa esperanza de un final feliz con él

Pero como era lógico, Malik se casaría con una mujer que hubiera sido educada para ser sultana y con la que tendría hijos. Sam solo se mantendría en la periferia de su vida, y ella, ni siquiera eso. Y aunque supiera que era absurdo, saberlo le producía un profundo dolor.

–¿Qué se siente siendo sultán? –preguntó Sam cuando descansaban en unas hamacas.

–Esa es una pregunta interesante y difícil. Estás siempre muy ocupado, y a menudo sometido a mucha presión. Pero saber que sirves a tu gente y mejoras sus vidas te compensa.

–¡Y puedes vivir en este palacio! –dijo Sam.

Malik sonrió.

–Así es.

–¿Te molesta la presión, que la gente esté pendiente de ti y esas cosas? –preguntó Sam.

–A veces. Pero he encontrado maneras de superarlo.

–¿Cómo?

–Cuando estoy preocupado –empezó Malik pausadamente–, intento relajarme caminando, nadando o leyendo.

–Creía que no tenías aficiones –bromeó Gracie.

–Por eso me sugeriste que bordara –dijo Malik, riendo.

–A mí me gusta leer –dijo Sam–. ¿Qué lees tú?

A Gracie le sorprendió ver que Malik se ruborizaba.

–Novelas de misterio y policiacas.

Gracie lo miró sorprendida.

–No tenía ni idea de eso –comentó.

–Hay muchas cosas que no sabes de mí –dijo Malik quedamente.

Unos minutos más tarde Sam fue a ver qué selección de DVDs había en el salón y Malik y Gracie se quedaron solos.

Gracie sentía los nervios a flor de piel y bebió un poco de zumo para prepararse a hacer la pregunta que no podía quitarse de la mente.

–¿Estás o no estás prometido?

–No lo estoy –Malik cruzó los brazos sobre su espectacular pecho.

–Pero la mujer que nos ha atendido ha dicho que la boda sería en un par de meses.

–Porque sí estaba prometido –aclaró Malik–. He roto el compromiso hoy.

Gracie se quedó callada antes de preguntar:

–¿Por qué lo has roto?

–Por ti y por Sam –Malik la miró fijamente con una determinación que inquietó a Gracie

–Pero ¿por qué ibas...?

–Porque Sam es mi heredero –dijo Malik con firmeza–. Cuando yo muera, será sultán de Alazar.

Por una fracción de segundo, Gracie tuvo la ridícula imagen de Sam con una corona y un cetro.

–¿De qué estás hablando? –preguntó, teniendo que contener una carcajada histérica–. Sam no puede ser tu heredero.

–¿Por qué no?

–Porque... –Gracie sentía la cabeza darle vueltas–. ¿Cuántos años tienes? ¿Treinta y dos? –Malik asintió–. Todavía puedes casarte y tener hijos –apuntó Gracie, aunque la idea la perturbara–. No necesitas a Sam.

Malik guardó silencio y desvió la mirada hacia las montañas que se divisaban en la lejanía.

–Hace dos meses estuve en el desierto –dijo finalmente–. Enfermé y padecí una fiebre muy alta durante varios días–bajó la mirada hacia sus manos. Luego la alzó hacia Gracie–. Hace cuatro días supe que me he quedado estéril. Sam va a ser mi único hijo.

Gracie parpadeó mientras intentaba asimilar la noticia.

–Lo siento mucho –dijo de corazón, consciente del golpe que debía de haber representado para Malik–. Tiene que haber sido muy...duro.

–Sí.

–¿Y tu prometida...? –aventuró Gracie–. ¿Te ha...?

–Por eso he roto el acuerdo. En este país, los hijos son motivo de orgullo y felicidad para una mujer. De todas formas, Johara y yo solo nos habíamos visto dos veces.

Aunque no hubiera motivo para ello, Gracie no pudo evitar sentirse aliviada. Sin embargo, Sam era su único hijo. Su heredero. La niebla que había poblado su mente se disipó súbitamente.

–No –dijo.

Malik entornó los ojos.

–¿No? –repitió con dulzura.

–No. La idea de que Sam sea sultán es ridícula. No es más que un niño que solo ha salido de Illinois un par de veces. No estaría preparado; no quiero que se

vea sometido a la presión de la que acabas de hablar-
nos.

–Yo lo prepararé.

–Es imposible –insistió Gracie a pesar de que se
sentía como si se deslizara por una pendiente inexora-
ble que solo podía terminar en un doloroso golpe.

Malik mantuvo un tenso silencio mientras la observaba.

–Puede que sea improbable; incluso increíble –dijo
finalmente sin apartar la mirada de ella–. Pero no es
imposible –concluyó con una severidad en su tono y
en su mirada que angustió a Gracie.

–¿Y si me niego? –preguntó, revolviéndose–. ¿Y si
me llevo a Sam ahora...?

Malik la miró con ojos centelleantes.

–¿Es una amenaza?

–Eres tú quien me amenaza.

¿Cómo podían haber llegado a aquel punto? Unos
segundos antes había fantaseado con la posibilidad de
que Malik, Sam y ella formaran una familia. De pronto,
estaban ante un precipicio. Gracie se sentía metida en
un caleidoscopio que hubiera trastocado completamente la realidad. Sultán. Ni Sam ni ella estaban pre-
parados para algo así.

–No te amenazo –dijo Malik–. Es un hecho. El legado de Sam es el sultanato de Alazar. No puedes
arrebatárselo. Es su derecho.

Gracie tragó saliva.

–¡No puedes contarme algo así y esperar que lo
asimile sin cuestionarlo!

–Gracie –dijo Malik con ternura–. Seguro que
sospechabas algo.

–No –Gracie sacudió la cabeza violentamente–.
No, en absoluto. Pensaba que querrías que Sam vi-
niera a verte, o que tú nos visitarías...–. No sé qué

esperaba, pero te aseguro que esto, no. De hecho,
¿aceptaría el pueblo de Alazar a Sam? ¿Y si se rebe-
lan?

–Tienes razón. Por eso he de presentárselo a mi
gente con mucho cuidado.

–¿Y qué hay de su vida en Illinois...?

–No pretendo que corte su relación con su familia
–dijo Malik–. Siempre puede ir de visita.

¿De visita? Gracie lo miró atónita, consciente de
hasta qué punto la vida de Sam y la suya habían cambiado. Tenía la certeza de que resistirse no serviría de
nada.

Malik se inclinó hacia ella y posó la mano en una
de sus rodillas.

–Comprendo que sea una sorpresa. Pero tienes que
darte cuenta de que es la mejor, de hecho la única,
opción posible.

–¿Tú crees? –replicó Gracie a la defensiva–. Porque yo no lo veo tan claro. Y en dos semanas voy a
llevarme a Sam a América, tal y como acordamos.

Malik retiró la mano. Toda dulzura abandonó su
rostro. Cuando habló, su voz sonó tan letal como un
sable.

–No me amenaces, Grace.

–No es una amenaza. Es un hecho.

–Si quieres hechos, tengo uno para ti. ¿Leíste el
documento que firmaste hace diez años?

Gracie lo miró perpleja. Pensó en el papel que
Asad le había puesto delante y que ella había firmado
tras echarle una ojeada.

–Sí. Decía que no podía ponerme en contacto ni
contigo ni con nadie en Alazar.

–También me reconocía a mí como el padre de tu
hijo, y me otorgaba permiso para traerlo a Alazar si
requería de su presencia.

–¡Pero yo no...!

–Deberías haberlo leído más atentamente –dijo Malik– antes de aceptar el cheque.

Gracie se encogió, herida por sus despectivas palabras. Malik suspiró.

–No quiero enfrentarme a ti, pero... –empezó.

–Pero no dudarás en hacerlo –terminó Gracie por él–. Ahora entiendo tu amabilidad, tus sonrisas... los besos.... –Gracie se puso en pie; sentía náuseas–. Por lo menos ya sé la verdad.

–Te equivocas –dijo Malik sin dejar traslucir ninguna emoción.

–¿En qué? –exigió saber ella.

–Admito que las circunstancias son complicadas, pero piensa en Sam y en el privilegio que representa su legado.

–Tú nunca has hablado de ello como un privilegio –replicó Gracie–. En Roma dijiste que te sentías atrapado por tus responsabilidades. No daba la sensación de que quisieras ser sultán.

Gracie supo al instante que había ido demasiado lejos. Malik la miró con severidad.

–Yo siempre he cumplido con mi deber. Y Sam hará lo mismo. ¿Sabes lo importante que es mantener el sultanato? Mi país ha vivido años en la inestabilidad. Asegurar mi dinastía es crucial para Alazar, para toda la región e incluso para el mundo. Puede que me creas melodramático, pero te estoy diciendo la verdad.

–¡Pero si solo es un niño! –susurró Gracie con la mirada encendida.

–Y confío en que tarde mucho en ser sultán. Pero este es su lugar, junto a mí.

–¿Y yo? ¿Cuál es mi sitio, Malik? –preguntó ella con un hilo de voz.

Malik no vaciló

–Tú sitio está aquí. A mi lado.

Observó el rostro de Gracie mientras esta asimilaba la información. Con el cabello húmedo y los ojos refulgentes, estaba espectacular.

–¿Qué quieres decir? –preguntó ella balbuceante–. ¿Piensas encerrarme en el harem?

–De hecho, este es el harem... ¿Sabías que «harem» significa «lugar prohibido»?

–¡Qué bien! –dijo Gracie sarcástica.

–Porque es un lugar sagrado. Es el espacio privado de las mujeres, no una prisión –Malik hizo una pausa y añadió–: No estás atrapada, Gracie.

Sin embargo, eso no era del todo cierto. Malik no podía dejarla marchar, al menos por el momento. Antes tenía que casarse con ella, y tenía la seguridad de que no dejaría a Sam atrás. Así que, en cierto modo, sí era su prisionera.

Entretanto, tenía que seguir agasajándola y conquistándola sin tener en cuenta sus sentimientos o hasta qué punto pudiera herirla.

–Escucha –dijo. Gracie lo miró con suspicacia–, permíteme que te enseñe el país y a mi gente; mantén la mente abierta. Aquí podrías hacer mucho bien, Grace.

–¿Haciendo qué?

–Salgamos de excursión los tres mañana –sugirió Malik–. Os enseñaré la ciudad, la herencia de Sam. Y podremos pasar tiempo juntos para conocernos mejor.

Cuanto más lo pensaba, más le atraía la idea de estar con Gracie. Además, podía percibir que ella iba aceptando la idea, que su resistencia se ablandaba. Le tomó la mano y tiró de ella hacia sí.

–Estás cansada. Relájate esta noche con Sam. Mañana será otro día.

–Para ti todo es fácil –masculló Gracie, quedándose pegada a él cuando Malik dio otro pequeño tirón.

–Porque puede serlo –musitó Malik, retirándole un mechón de cabello tras la oreja y aprovechando para acariciarle el cuello. Sintió bajo las yemas el temblor que la recorría y deslizó la mano hacia su escote–. Podríamos disfrutar de tantas cosas –susurró–. Podríamos hacer tantas cosas –le besó el cuello y sintió cómo Gracie se relajaba contra él.

–No –musitó ella, cerrando los ojos–. Estás intentando quebrar mi voluntad...

–¿Y lo consigo? –preguntó él, agachándose hasta succionarle los endurecidos pezones a través de bañador. Gracie gimió.

–No es justo –musitó ella. Y Malik rio.

–¿Justo? ¿Sabes el efecto que tienes en mí, Gracie? Ni siquiera me has tocado y ya estoy ardiendo –le tomó la mano y se la llevó al pecho para que sintiera su acelerado corazón.

Ella abrió los ojos desmesuradamente y presionó la mano contra su pecho.

–Tengo miedo, Malik.

Su confesión desarmó a Malik. Cubrió con su mano la de ella.

–¿Por qué? –preguntó con dulzura–. Tómatelo como la aventura más grande de tu vida... También lo es para mí.

A medida que hablaba vio que el rostro de Gracie se relajaba y que sus ojos brillaban esperanzados. Sabía que estaba diciendo lo que ella quería oír pero, aun a su pesar, también era así como él lo percibía.

Media hora más tarde, Malik dejó a Sam y Gracie en el harem y fue a buscar a Asad. Gracie no había prometido nada, pero había accedido a visitar Teruk al día siguiente, y Malik confiaba en que llegara a ver las ventajas de quedarse.

En cuanto a él... La idea de instalarla en algún palacio lejano, tal y como Asad había sugerido, le resultaba inconcebible. La quería su lado, en su cama, en su vida. Pero le inquietaba que los sentimientos que despertaba en él se parecieran a lo que su padre había sentido por su madre. ¿Sería aquella la fragilidad que invadiría su corazón y su alma hasta dejarlo vacío y vulnerable?

Él no dejaría que eso sucediera. Un matrimonio de conveniencia podía seguir siendo agradable. Gracie y él podrían disfrutar de todos los beneficios sin que su corazón peligrara.

Encontró a Asad descansando en su dormitorio, en la cama. En cuanto lo vio en el umbral de la puerta, su abuelo le indicó que entrara con un gesto de su delgada mano.

—Como ves, no me encuentro bien.

Malik inclinó la cabeza en señal de respeto.

—Lo siento mucho.

Asad dejó escapar una risa seca.

—¿Seguro? ¿No te alegras de que la corona pase pronto a tu cabeza y el cetro a tu mano?

Malik respondió impasible:

—Espero que tu enfermedad no sea tan grave.

—Tengo cáncer —dijo Asad a bocajarro—. Lo sé desde hace meses. Los médicos no pueden hacer nada. Soy demasiado mayor para un tratamiento.

La noticia enmudeció a Malik. Era consciente de que su abuelo estaba frágil, pero no había imaginado que se tratara de algo tan serio.

—Lo siento —dijo finalmente—. De verdad.

Se dio cuenta de que no mentía. Asad era su única familia, la única figura paterna que había tenido.

Su relación había estado marcada en ocasiones por la severidad y la hostilidad, pero Asad había permanecido con él cuando su padre lo había abandonado.

Asad encogió sus huesudos hombros.

–Uno debe aceptar que ha llegado su hora. No temo a la muerte –miró a Malik fijamente–. Pero antes de dejar este mundo, quiero tener la tranquilidad de saber que la sucesión está asegurada.

–Por supuesto.

–¿El niño está aquí?

–Sí.

–¿Y la madre?

–Sí –Malik no quería hablar de Gracie con Asad.

–Quiero conocerlo.

–Cuando llegue el momento. Todavía no sabe que soy su padre.

–¿Por qué no? –Asad se señaló–. Como ves, me queda poco tiempo.

–Por el bien de la corona, tengo que actuar con cautela.

–Eres demasiado blando, igual que tu padre –dijo Asad con desdén–.Ya veo que te has encariñado con el niño.

Excepto que su padre lo había abandonado, se dijo Malik. En cuanto a Sam... Sí, era posible que sintiera afecto por él. Pero por otro lado, nadie sabía mejor que él lo que se sentía cuando uno era sometido a una excesiva severidad; la amargura que eso provocaba. Aun así, rechazaba la insinuación, la crítica soterrada de su abuelo. Había sido acusado demasiadas veces en su vida de ser blando, y estaba decidido a demostrar que no lo era.

Capítulo 10

GRACIE, Sam y Malik salieron a recorrer Teruk en un nuevo día soleado. Malik sonrió apreciativo al ver que Gracie llevaba un vestido discreto y se cubría la cabeza con un pañuelo.

—Mamá, te has tomado muy en serio lo de «donde fueres...» —dijo Sam, poniendo los ojos en blanco.

—Así es —dijo Gracie animada—. Es un gran refrán. No lo olvides.

Después de pasar varias horas en vela, había tomado la decisión de dejar que el día siguiente le sirviera de brújula. Malik le había dicho, y había ocultado, demasiada información como para poder procesarla, y todo era motivo de preocupación. ¿Qué lugar ocuparía ella en la vida de Malik? ¿Cómo sería la vida de Sam? ¿Iría al colegio? ¿Podría comportarse como un niño normal?

Había conseguido aparcar sus dudas por pura fuerza de voluntad, y en aquel, momento, tras disfrutar de un apacible desayuno, estaba deseando explorar la ciudad.

Malik estaba de buen humor y charlaba animadamente con Sam, contándole la historia de la ciudad mientras conducían por sus calles. Sam absorbía todo como una esponja.

Gracie se relajó y disfrutó de la vista de los edificios, de las numerosas plazas con sus fuentes centrales, mientras Malik describía la famosa victoria sobre el Imperio Otomano, cuando los soldados de Alazar, al quedarse avituallamiento, habían tenido que comerse sus caballos.

—Somos un pueblo fuerte e independiente —dijo, posando una mano sobre el hombro de Sam.

—Y testarudo —bromeó Gracie.

—Eso también —replicó Malik, sonriendo.

Gracie atisbó algunos rascacielos en la distancia. Malik siguió su mirada y explicó:

—Es el distrito financiero. Estoy intentando promover la industria y el comercio con occidente.

—¿Y tienes éxito?

—Sí. Alazar es tradicional, pero todo país ha de adaptarse a los nuevos tiempos.

—¿Qué vas a enseñarnos? —preguntó Gracie.

—La universidad, que es la más antigua de Oriente Medio, y luego el parque y el mercado. Espero que os guste.

—Seguro que sí —dijo Gracie, que ya estaba disfrutando de la excursión, de ver cosas nuevas y de volver a experimentar el deseo de aventura que había tenido que reprimir durante años por necesidad.

Unos minutos más tarde, el coche se detuvo ante un antiguo edificio con tres arcos moriscos y espléndidos suelos de mosaico.

—Esta parte es ahora un museo —explicó Malik—, pero la universidad sigue activa y cuenta con miles de estudiantes.

—¿Hombres? —preguntó Gracie. Y Malik lo confirmó con una sonrisa avergonzada.

—Mayoritariamente, pero en los últimos años han sido admitidas varias mujeres y pretendo que en el futuro haya muchas más.

—¿Hay colegios para niñas? —preguntó Gracie.

—Suponía que me harías esa pregunta —dijo Malik.

Recorrieron la universidad, estudiando antiguos manuscritos y piezas arqueológicas de un hermoso exotismo. Un profesor que hablaba un perfecto inglés, los acompañó a un patio con naranjos y una fuente ornamentada. Les sirvieron té de menta y Gracie hizo preguntas sobre el sistema educativo, para las que obtuvo respuestas gratificantes respecto a las reformas que Malik estaba introduciendo.

—Has hecho mucho por este país —le dijo cuándo volvieron al coche.

—Queda mucho por hacer. Me temo que hasta ahora he estado más ocupado con cuestiones militares que con los negocios o la educación.

—¿Es eso lo que realmente te interesa?

—Es mi obligación ocuparme de todo ello —dijo Malik, encogiéndose de hombros.

A continuación, fueron al parque, que se encontraba en las afueras y presentaba una gran variedad de facilidades para practicar el deporte y el entretenimiento sorprendentemente modernas.

Gracie observó a Malik mientras jugaba con Sam a una versión árabe de bolos, haciendo rodar bolas de piedra sobre un césped perfecto. Viéndolos juntos, era imposible no darse cuenta de que eran padre e hijo. Gracie se preguntó si los guardaespaldas lo sospecharían. ¿Cuándo le hablaría Malik a Sam de su futuro? Con el paso de las horas, ella era cada vez más consciente de que su vida estaba en sus manos y de que, por más que quisiera decidir por sí misma, estaba nadando contra la marea.

Al ver a Malik reír y alborotar el cabello de Sam, se preguntó si podrían llegar a formar una familia de algún tipo, pero el hecho de planteárselo la puso en alerta. ¿Qué estaba pensando? Ni siquiera era capaz de admitírselo a sí misma.

Cuando Malik mencionaba posibilidades, no incluía el amor. Tampoco ella estaba segura de que eso fuera lo que esperaba. El amor era arriesgado. La única experiencia que había tenido que se le aproximara, la había dejado destrozada. ¿Era posible que estuviera planteándose volver a arriesgarse, y con el hombre que tanto daño le había hecho? Era una locura.

Malik la miró sonriendo y Gracie perdió el hilo de sus pensamientos. Cuando la miraba así, no sabía ni qué pensar.

Después del parque, fueron a un modesto edificio en la ciudad antigua. Una mujer sonriente, vestida al modo occidental y con la cabeza cubierta, les dio la bienvenida.

—Su Alteza nos ha dicho que usted tenía un especial interés en la educación de las niñas y mujeres de Alazar —dijo, mirando a Gracie.

Gracie miró a su vez a Malik, que se limitó a sonreír.

Siguieron a la mujer al interior, donde había un colegio para niñas y Gracie disfrutó la siguiente hora, observando algunas clases y hablando con profesoras que, entre mímica y un poco de inglés, le explicaron los avances que se estaban haciendo en educación.

—Ha sido muy interesante —comentó Gracie a Malik, ya en el coche, mientras Sam miraba por la ventanilla un abarrotado mercado, donde había desde encantadores de serpientes a dentistas que quitaban dientes *in situ*—. Gracias por organizar la visita.

—Me alegro de que te haya gustado —contestó Malik. Y sonriendo, añadió—: No te había visto tan resplandeciente desde Roma.

Gracie rio entre incómoda y halagada.

—Gracias... creo —bromeó

Malik se inclinó hacia ella.

–Serías muy útil in Alazar, Gracie.

Gracie sintió el corazón en la garganta. Miró por la ventanilla.

–No podemos hablar de eso ahora –dijo.

–Está bien –accedió Malik–. Pero tendremos que hacerlo muy pronto.

Su tono implacable hizo estremecer a Gracie. No estaba segura de si sus palabras eran una promesa o una amenaza. Lo cierto era que no estaba todavía preparada para tener esa conversación y menos cuando ni siquiera sabía lo que sentía.

Desde ese momento, no dejó de dar vueltas a cuál podía ser su función en Alazar. ¿Sería verdad que había allí un lugar para ella, que podía liderar la educación de las niñas? Esa posibilidad despertó en ella un entusiasmo que no había sentido en años. En Addison Heights tenía su sitio, pero a menudo le resultaba pequeño y limitado, sin perspectivas de futuro. ¿Podría recuperar su espíritu de juventud, sus esperanzas y sus sueños, en Alazar?

–¿Crees que tu gente aceptaría a una americana? –preguntó cuando tomaban un té en la azotea de un café, mientras Sam prácticamente se colgaba de la cornisa, bajo la atenta supervisión de un guardaespaldas, para mirar el mercado.

–Con el tiempo, yo creo que sí –dijo Malik–. Habrá quienes se resistan al cambio, pero eso no me va a detener.

–¿Y tu abuelo? –preguntó Gracie, bajando la voz–. Es evidente que me estás enseñando el tipo de vida que podría tener en Alazar, que mientras Sam se prepara para ser sultán, yo podría contribuir al proceso de modernización, tener un objetivo –suspiró y desvió la mirada hacia unos minaretes–. Y resulta tentador.

Venir aquí me ha hecho pensar en lo reducido que es mi mundo.

–No ha sido una pérdida de tiempo ser una buena madre para Sam.

–No, pero Sam cada vez me necesita menos. De hecho, había vuelto a pensar en mi formación –suspiró–. Creo que empezaba a sentirme atrapada. Y puede que a Sam le pase lo mismo en un tiempo –miró a su hijo–. Está disfrutando muchísimo.

–Hasta ahora ha estado de vacaciones –apuntó Malik–. Pero espero que también se alegre de ocupar el lugar que le corresponde.

Gracie sintió que el corazón se le encogía.

–¿Cuándo vas a decírselo?

–Pronto –Malik hizo una pausa antes de continuar–. Mi abuelo me dijo ayer que tenía cáncer. No creo que dure más de unos meses.

–Lo siento –dijo Gracie.

Malik suspiró.

–Nunca hemos tenido una relación estrecha.

–Pero es lo más parecido que has tenido a un padre.

–Eso es verdad.

Gracie tomó aire.

–¿Qué significa eso para Sam y para mí?

–La posición de Sam como mi heredero debe confirmarse lo antes posible.

Gracie lo miró alarmada.

–¿Cómo?

Malik miró a Sam y luego a Gracie con una expresión inescrutable que hizo temer a esta lo peor.

–Reconociéndolo legalmente como mi hijo.

–Pero ¿cómo? –insistió Gracie, que jamás había pensado en Sam como ilegítimo.

–¿Cómo se legitima a un hijo? –preguntó Malik en

el tono implacable que usaba ocasionalmente–. Con la boda de sus padres.

Aquellas palabras cayeron como una piedra en un lago, causando círculos concéntricos de creciente amplitud.

–¿Ha-hablas en serio? –balbuceó Gracie.

–Completamente.

Gracie se quedó perpleja, pero al mismo tiempo temió haber estado deseando que Malik le propusiera algo así.

–¿A qué tipo de matrimonio te refieres? –apenas podía creer que no estuviera soñando.

Que Malik vacilara le proporcionó una respuesta más contundente que la que podía haberle dado con palabras.

–Un matrimonio de conveniencia, basado en el mutuo respeto y la atracción.

–Esas tres palabras significan cosas distintas.

–Pero pueden coexistir.

–¿Tú crees?

Gracie miró en la distancia, intentando poner orden en sus pensamientos. ¿Estaba dispuesta a casarse en una relación sin amor ni afecto? Porque el mensaje de Malik era muy claro: ni la amaba ni la amaría. Y por su parte, por muy claustrofóbica que le resultara su vida en Illinois, un matrimonio sin amor lo era aún más. Y en él ni siquiera cabía la esperanza.

–No resulta muy romántico, ¿no? –preguntó sin mirar a Malik.

–No, pero es que yo no lo soy.

–Lo eras en Roma.

–Ya no soy el ingenuo muchacho de entonces; ni tú eres la misma joven, Grace. Si quieres un cuento de hadas, no vas a encontrarlo aquí –Malik tomó aire–. Pero no creo que lo encuentres en ninguna parte. En cambio sí puedes conseguir algo mejor y más sólido. Los cuentos de hadas acaban pronto.

La convicción con la que hablaba apagó toda esperanza dentro de Gracie.

–¿De verdad crees eso?

–Sí –Malik hizo una pausa mientras deliberaba cómo seguir, y Gracie no estaba segura de querer escucharlo–. Mi padre creía en los cuentos de hadas y lo quiso vivir con mi madre. Pero él jamás se recuperó de su pérdida. Renunció a su familia y a su deber porque era un hombre débil. ¿Eso es lo que quieres que te pase?

–Nadie quiere perder a los seres que ama –protestó Gracie–. Tu padre sufrió un duro golpe del que no logró recuperarse, y lo siento.

–¿Quién querría verse esclavizado por una emoción, permitir que alguien tenga tanto poder sobre ti?

«Yo», pensó Gracie. Pero jamás con alguien que juraba no sentir nunca nada igual.

–Es evidente que tú, no.

–No.

–Dicen que es mejor amar y perder que no haber amado nunca –Gracie se ruborizó. ¿Amaba A Malik? Estaba convencida de que le resultaría fácil si supiera que él podía amarla.

–Yo no comparto esa idea –dijo Malik con ojos brillantes–. Gracie, cuando nos casemos, te trataré con afecto, respeto y honestidad; y haré que tu cuerpo goce cada noche. ¿No es eso mejor que una noción pasajera de «amor»?

Dijo la última palabra con un desdén que hizo parpadear a Gracie. Estaba segura de que Malik podía cumplir su promesa de noches inolvidables y hasta le resultaba tentador. Pero aun así, no llegaba a compensar por un amor no correspondido. Vivir sin amor le destrozaría el alma. Y eso era lo que Malik le ofrecía.

–Necesito pensarlo, Malik –dijo tras una pausa. Tenía que pensar qué era lo mejor para Sam.

–Claro –dijo Malik al instante. Pero Gracie registró entonces que había dicho «cuando nos casemos», no «si nos casamos». ¿Tenía elección? Malik añadió–: Dedica esta semana a conocer Alazar, y a mí. Cuando tomes una decisión, volveremos a hablar de ello.

Gracie asintió con la cabeza, aunque sospechaba que la decisión ya había sido tomada por ella.

La siguiente semana fue sorprendentemente agradable. Malik hizo hueco en su apretada agenda para pasar tiempo con Gracie y con Sam. Les mostró el parque nacional y el único zoo; comían en las habitaciones privadas de palacio y fueron de picnic a un acantilado sobre el mar.

Y hablaron sobre todo tipo de cosas, desde temas banales a filosofía. Con el trascurso de los días, Malik sintió que se iba relajando, y que estaba disfrutando de cosas que nunca había tenido en cuenta: la buena comida, la belleza del paisaje, la risa de su hijo. Y sobre todo, de pasar tiempo con Gracie, compartiendo ideas con ella.

También había disfrutado plenamente de los besos que se habían dado cada noche, y que había conseguido mantener a duras penas solo a ese nivel, acallando el clamor de su cuerpo y del de Gracie por que diera un paso adelante. Pero confiaba en que la abstinencia autoimpuesta contribuyera a vencer la resistencia de Gracie respecto al matrimonio.

Cada día pasaba media hora interminable discutiendo temas de Estado con su abuelo, cuya salud se deterioraba a ojos vista.

–Estás haciendo el ridículo con esa mujer –dijo su abuelo al final de la semana.

–Estoy ganándomela –dijo Malik, reprimiendo la indignación que le causó el desprecio con el que su abuelo se refirió Gracie–. Necesito que esté de mi lado para asegurarnos la sucesión.

–Tonterías. Enciérrala en un palacio remoto...

–Estamos en el siglo XXI –lo interrumpió Malik–. ¿Crees que occidente negociará con un país cuya reina está en el exilio porque es americana?

Asad lo miró iracundo, pero guardó silencio.

–Si hacer lo que debo me convierte en un estúpido a tus ojos, lo lamento. Pero yo debo hacer lo mejor para mi país.

Con una inclinación de cabeza, salió de la habitación.

¿Estaba siendo estúpido? La pregunta se convirtió en un zumbido en sus oídos. Le había dicho la verdad a Asad, pero solo parcialmente. Era cierto que disfrutaba de la compañía de Gracie. que estaba conociendo a Sam, y que sabía que no podía permitir que sus sentimientos por ellos nublara su juicio. Debía de mantener cierta distancia, y poner fecha a la boda, y para eso, necesitaba la cooperación de Gracie. La encontró en el jardín, con el rostro alzado al sol y un libro sobre el regazo.

–Pareces en paz –comentó Malik, sentándose a su lado.

Ella sonrió y cerró el libro.

–Porque, sorprendentemente, me siento en paz.

–¿Por qué te sorprende?

–Porque todo es extraño y sé que el futuro es incierto –dijo ella, mirándolo fijamente.

–¿Dónde está Sam?

–Uno de los sirvientes lo ha llevado a jugar a los bolos. Está pasándolo en grande.

–Me alegro.

–Pero siento que estamos en la calma que precede a la tempestad –apuntó Gracie–. Querría que la vida siguiera como unas vacaciones eternas, pero eso no es posible.

–Eso es verdad –admitió Malik. Y aprovechó para hablar de sus planes–. Pronto tendré que hacer un anuncio sobre Sam.

Gracie abrió los ojos desmesuradamente.

–¿Ya?

–Dado el estado de salud de mi abuelo, el tiempo apremia. He pensado que podíamos hacer un viaje de unos días al interior de Alazar. Allí podemos explicar a Sam quién soy. Y quién es él.

–Muy bien –dijo Gracie pensativa–. ¿Y después, qué?

–Presentaré a Sam a mi gente –tras una pausa, Malik dijo–: después, nos casaremos.

Gracie lo miró con ojos centelleantes.

–¿Y si no me he decidido?

–Gracie, tienes que entender que es inevitable. Sam no puede ser mi heredero si no es mi hijo legítimo. He sido muy paciente, pero debemos dar un paso adelante –las palabras de Asad resonaron en sus oídos. En tono impersonal, añadió–: En cuanto volvamos de las montañas, nos casaremos.

–No voy a permitir que me intimides –replicó Gracie–. Necesito...

–Ya te he dado tiempo.

–¡Pero en el fondo no tengo elección! ¿No es esa la verdad?

Malik suspiró.

–¿Qué quieres que haga?

–Podrías fingir que importa lo que yo piense –dijo ella con sarcasmo–. Nunca sé si tu amabilidad es sincera o si solo la usas para conseguir lo que quieres

–continuó con expresión sombría–. Y no sé si puedo vivir así.

Malik se dio cuenta de que había sido demasiado brusco. Rectificó:

–Gracie, estoy seguro de que podemos ser felices juntos.

–Si es así, espera a que yo llegue a la misma conclusión –dijo Gracie con un hilo de voz y mirada angustiada–. ¿Puedes al menos concederme ese favor?

Malik habría querido negárselo. Ansiaba presentar a Sam como su heredero, en la misma medida que quería poseer a Gracie. Pero estaba seguro de que si imponía su voluntad en aquel momento, su plan fracasaría.

–¿Malik? –insistió ella con voz apenada.

Él asintió con un movimiento de cabeza.

Capítulo 11

AHÍ ESTÁ –Malik señaló por la ventanilla del helicóptero un palacio elevado sobre la cima de una montaña–: El palacio de las Nubes.

Gracie dejó escapar una exclamación de admiración.

–¿Cómo pudieron construirlo ahí arriba? –preguntó, observando las torres y minaretes que parecían tocar el cielo.

–Con mucho trabajo. Tiene ochocientos años –dijo Malik–. Lo construyó el sultán para su esposa favorita.

Gracie enarcó las cejas.

–¿Cuántas esposas tenía?

–Creo que seiscientas –Malik hizo una mueca–. En ese sentido hemos avanzado mucho.

–¡Qué alivio!

Aunque el intercambio se produjo en un tono distendido, Gracie sabía que Malik estaba al borde de perder la paciencia. Y ella empezaba a sentir que solo había una decisión posible. Era como si hubiera ido aproximándose a ella desde el momento en que Malik reapareció en su vida.

–Pero tu padre solo tuvo una esposa, ¿no? –apuntó al recordar lo que Malik le había contado.

–Sí, solo tuvo una esposa y la amó profundamente.

Gracie interpretó el mensaje soterrado: él no tenía intención de hacer lo mismo. Y por más que había intentado asumirlo, ella seguía resistiéndose a aceptarlo.

Por otro lado, en los últimos años no había sentido

interés en ningún hombre, y mucho menos en el matrimonio. Cabía la posibilidad de que Malik fuera su
mejor oferta, y no podía negar sus atractivos: respeto,
afecto, honestidad, pasión. Todo ello era maravilloso,
¿por qué entonces sentía aquella ansiedad?

La respuesta era dolorosamente evidente: porque
estaba enamorándose de él. Porque después de aquellas dos semanas juntos, el dolor que podía causarle
era inconmensurable y con el paso del tiempo solo
podía incrementarse. ¿Podía compensarla por ese peligro la oferta de Malik? ¿Podía casarse con un hombre que nunca la amaría?

–¿Dónde vamos a aterrizar? –preguntó, evitando
mirar a Malik.

–Hay un helipuerto en la parte trasera. Antes de
que lo construyera mi abuelo, había que hacer un
viaje de siete días en camello para acceder al palacio.

–¡Eso hubiera sido genial! –dijo Sam. Y Malik y
Gracie intercambiaron una sonrisa.

Unos minutos más tarde aterrizaban y un miembro
del servicio los acompañó hacia unas escaleras exca-
vadas en la roca que ascendían hasta la entrada.

Gracie se detuvo para admirar la vista, una sucesión de montañas con las cumbres nevadas y el desierto de fondo. Era de una belleza espectacular.

–¡Parece increíble que alguien fuera capaz de
construir un palacio en este lugar! –exclamó.

–Ya te dije que somos un pueblo fuerte e independiente –dijo Malik, tomándola por el codo para ayu-
darla a subir las escaleras.

–Como tu hijo –musitó Gracie, observando a Sam,
que las subía de dos en dos.

–Será un gran sultán.

Gracie no contestó. La idea de que Sam fuera el
líder de un país seguía dejándola perpleja.

Malik le tomó la mano y se la apretó.

–Todo irá bien, Gracie –musitó.

–Pareces muy seguro de ello.

–Porque lo estoy.

Gracie lo miró de reojo, deseando poder interpretar qué había tras la inescrutable expresión de su rostro. La última semana había sido maravillosa, pero a menudo le había resultado irreal. Su matrimonio no consistiría en unas vacación prolongadas, y ni siquiera tenía la perspectiva de tener más hijos, una idea que la apenaba, pero que podría asimilar, aunque le hubiera gustado tener una niña con los rasgos de Malik.

Pero por encima de todo, lo que quería tener era el amor de Malik. A veces, cuando lo veía reír con Sam o charlaba con ella, atisbaba la parte oculta de su personalidad, el hombre cálido bajo el exterior frío; el joven que conoció diez años atrás. Pero ¿era eso suficiente como para embarcarse en una vida de soledad y dolor asegurados?

El interior del palacio era sorprendentemente etéreo y luminoso. Los esperaba un almuerzo que degustaron mientras descansaban del viaje, hasta que Sam manifestó su deseo de explorar el palacio.

–Permitidme que os lo muestre –dijo Malik, Y tomando a Gracie de la mano, siguió a Sam.

El palacio era tan lujoso como el de Teruk, con amplias habitaciones profusamente decoradas y espectaculares vistas desde cada ventana.

–Quiero enseñaros la joya del palacio –dijo Malik, sonriendo a la vez que cruzaban una puerta desde la que Gracie contempló la vista más espectacular que había visto en su vida.

–¡Hala! –exclamó Sam.

–¿Es una...? –balbuceó Gracie.

–Cascada natural, sí.

La parte trasera del palacio había sido excavada en la roca de la montaña, y una cascada caía sobre una sucesión de pozas escalonadas.

–El agua debe de estar helada –comentó Gracie.

Malik sonrió.

–Las pozas están climatizadas.

Pasaron las siguientes horas nadando y relajándose como una familia normal, y Gracie sintió su corazón oscilar entre la felicidad y la opresión del miedo. Temía anhelar demasiado y confiar en alcanzar algo que Malik le había dicho que no tendría.

Sam los retó a permanecer bajo la cascada de agua helada y Gracie accedió, gritando y riendo bajo el chorro. Malik le tomó la mano y tiró de ella hacia la pared de roca, de manera que el agua formaba una cortina que los separaba del mundo.

Gracie miró a su alrededor asombrada; estaban en una cueva secreta, con el rugido del agua como único sonido. Entonces vio que Malik la miraba con expresión ardiente, y súbitamente sintió que se evaporaba toda inseguridad en ella.

–Te deseo tanto... –dijo él con voz ronca.

El corazón de Gracie se aceleró.

–Pero si apenas me has tocado en toda la semana...

–Y eso me está matando –dijo él, estrechándola contra sí y meciéndose eróticamente contra ella.

–¿Por qué me has evitado? –preguntó ella con la respiración agitada a la vez que Malik le recorría el cuerpo con ávidas manos.

–Porque quería reservarme para la noche de bodas, pero ya no puedo esperar.

Y Malik la besó apasionadamente, estrechándola con fuerza, presionándola contra la pared de roca a la vez que le apartaba el bañador y la acariciaba íntimamente. Gracie sintió una sacudida eléctrica recorrerle las venas y clavó las uñas en los brazos de Malik en respuesta al remolino de sensaciones, abrasadoras y dulces, que la asaltaban.

–Malik –susurró cuando los dedos de Malik la acariciaron aún más profundamente y ella se meció instintivamente contra su mano–. Malik...

–¡Mamá! –la voz les llegó desde el otro lado de la pared de agua–. ¿Os habéis perdido?

Sí. Gracie sabía que estaba perdida, y más con cada segundo que pasaba. Se separó de Malik.

–No puedes dejarme así –musitó.

Malik le dedicó una sonrisa cargada de sensuales promesas.

–¿Y si te compenso más tarde?

Gracie se estremeció.

–¿Hablas en serio?

–No aguanto más –admitió Malik–. Te deseo demasiado, Gracie.

Sam volvió a llamarlos y Gracie se separó de Malik a regañadientes.

–Debo volver junto a nuestro hijo.

–Me gusta oírte decir eso –dijo Malik con dulzura.

–¿El qué?

–Nuestro hijo –dijo él, mirándola fijamente.

El corazón de Gracie se aceleró de nuevo. Sí, Sam era de los dos, compartían su paternidad, y por primera vez, para lo bueno y para lo malo, lo veía claro. Por eso supo que aceptaría casarse con Malik, que aceptaría la aventura porque era lo que quería. Quería a Malik, lo amaba, y tendría que confiar en que algún día él también la amara a ella.

–Hasta la noche –dijo Malik. Y ella sintió.

–¿Qué estabais haciendo? –preguntó Sam cuando la vio salir.

–Hay una pequeña cueva ahí detrás. Deberías verla.

Sin pensárselo, Sam pasó al otro lado del agua mientras Gracie se apoyaba en la roca para intentar recuperarse del estado en el que la habían dejado las caricias de Malik. Estaba temblorosa y anhelante, y solo podía pensar en que llegara la noche.

Desde el otro lado de la cortina de agua podía oír a Sam gritar excitado, y la voz grave de Malik respondiéndole. Unos minutos más tarde, aparecieron, empapados y sonrientes. Gracie pensó que jamás se cansaría de ver a Malik en bañador. Su pecho era una oda a la belleza masculina, con unos abdominales perfectamente marcados, caderas estrechas y muslos poderosos. Malik vio cómo lo miraba y sonrió.

–Sigue mirándome así y verás lo que pasa –musitó al pasar a su lado. Y Gracie no pudo evitar sonreír de oreja a oreja.

Pasó el resto del día en un estado de permanente agitación. Cada mirada, cada roce de los dedos de Malik, hacía que un hormigueo recorriera su cuerpo. Con ese nerviosismo se retiró a su suntuoso dormitorio después de acostar a Sam.

Tras darse un baño, se puso el único camisón un poco sexy que poseía, una sencilla prenda de seda con tirantes de encaje. Había sido una compra impulsiva y no lo había usado nunca. Lo había metido en la maleta por casualidad, y en ese momento se preguntó si había adivinado lo que iba a pasar. O si había confiado en que pasara.

Dieron las diez y Malik todavía no había aparecido. Cuando Gracie empezaba a preguntarse si debía ser ella quien fuera en su busca, oyó que llamaban a la puerta y se precipitó a abrirla.

Malik estaba al otro lado, imponente, con una camisa de lino blanca y unos pantalones holgados. Sus ojos se iluminaron apreciativamente cuando deslizó la mirada por Gracie.

—Estaba esperándote —dijo ella con voz ronca y mirada ardiente.

—Confiaba en que así fuera.

Gracie sintió el corazón golpearle el pecho. Malik entró y cerró la puerta.

—¿Estás segura? —preguntó con dulzura, mirándola fijamente.

Gracie rio.

—¿Que si estoy segura? ¡Estaba a punto de ir a buscarte!

Malik se aproximó a ella lentamente.

—Muy bien, entonces celebraremos nuestra noche de bodas con antelación —hizo una pausa—. Asumiendo que te hayas decidido.

—¿Acaso importa lo que piense?

—Me has pedido tiempo, Gracie.

—Lo sé —ella tragó saliva con una mezcla de nervios y excitación. Se sentía al borde de un precipicio desde el que estaba a punto de saltar—. No necesito más tiempo, Malik. Me casaré contigo.

—Me haces muy feliz —dijo Malik. Y la atrajo hacia sí tomándola por la cintura—. Vamos a ser muy felices —susurró contra sus labios.

Gracie dejó escapar una risita.

—No sé por qué estoy tan nerviosa.

Malik le retiró un mechón de cabello y le acarició la mejilla.

—No hay motivo.

—Lo sé... Pero hace mucho tiempo que yo no... —dijo Gracie, ruborizándose.

—Ni yo.

A Gracie le costaba creer que Malik no hubiera tenido relaciones en diez años.

–En mi caso, hace muchísimo tiempo –insistió.

Malik la miró entonces desconcertado.

–¿Quieres decir que...?

Gracie asintió.

–Tú has sido mi único amante, Malik –antes de que él reaccionara, añadió–: Asumo que tú has tenido más y no pretendo...

–Tampoco han sido tantas; y ninguna ha significado nada para mí –musitó Malik–. Te aseguro que ninguna ha sido como tú –tomó la mano de Gracie y le besó los dedos–. Pero no quiero hablar de esto. De hecho, no quiero hablar en absoluto –concluyó, sonriendo.

–Yo tampoco –dijo Gracie. Entre otras cosas porque temía cometer un error y admitir que estaba enamorada de él cuando estaba segura que esa noticia sería recibida con desaprobación. Sería su secreto, y esperaría a que llegara el momento de desvelarlo.

Malik volvió a atraerla hacia sí y la besó delicadamente. Ella abrió sus labios, dando cabida a su lengua. El segundo beso fue más profundo, como si Malik quisiera sumergirse en ella. Y entonces Gracie dejó de contar, porque un beso sucedió a otro, consiguiendo que se derritiera.

Malik le hizo retroceder hacia la cama y le hizo tumbarse entre risas, a la vez que él se echaba a su lado.

–¿Recuerdas...? –empezó.

Y Gracie asintió porque el presente y el pasado se fundían en un solo instante.

–Sí, recuerdo cada segundo, cada caricia.

–Yo también –musitó Malik. Y la besó–. Recuerdo lo suave que es tu piel –le deslizó los tirantes de los hombros–. Lo perfectos que son tus senos –le bajó el camisón hasta la cintura y besó sus pezones, arrancando un suspiro de Gracie–. Recuerdo cuánto te gustaba esto –Malik la acarició hasta que Gracie se retor-

ció de placer bajo sus dedos–. Recuerdo todo, Gracie.
Fuiste mi primera mujer –Malik fue dejando un rastro
de besos por su vientre y siguió bajando–. Y serás la
última –concluyó con ojos brillantes, antes de acari-
ciarla con sus labios.

Gracie ahogó una exhalación, provocada tanto por
sus palabras como por sus caricias. Sus caderas se
arquearon por propia voluntad, a la vez que hundía la
cabeza en la almohada, ahogándose en un profundo y
arrasador placer.

Clavó las uñas en los hombros de Malik a medida
que las sensaciones se intensificaban; su cuerpo se
contrajo hasta alcanzar un punto de tensión que la
hizo gritar al tiempo que lo atravesaban sucesivas
oleadas de placer, tras las que se quedó completamente relajada.

–Y esto solo es el comienzo –prometió Malik. Y
Gracie dejó escapar una risa trémula.

–No sé si puedo aguantar mucho más.

–Te aseguro que sí. Yo me ocuparé de ello –dijo
Malik, apoyándose en los codos y mirándola fijamente–. Tócame, Gracie.

Ella deslizó la mano por su torso y se entretuvo en
una cicatriz.

–¿Cómo te hiciste esta herida?

–En un intento de asesinato por parte de un miembro de una tribu hostil.

Gracie retiró la mano y lo miró alarmada.

–¡No era consciente de que fuera tan peligroso!

–Ya no. Además, el hombre que lo intentó no estaba en sus cabales –Malik le tomó la mano y la volvió a poner sobre su cuerpo–. Y a mí me puede pasar
lo mismo si no me tocas.

Riendo quedamente, le acarició el vientre y la en-
trepierna antes de cerrar la mano en torno a su sexo

endurecido, tan viril, tan poderoso... y era de ella. Lo acarició con delicadeza, deslizando la mano arriba y a abajo al ritmo que le marcaba la respiración agitada de Malik.

A Gracie le costaba creer que tuviera ese efecto en él.

–No tengo experiencia para...

–Te aseguro que tus caricias me excitan más que las de nadie.

Esa idea embriagó a Gracie y le hizo sentirse más osada, más temeraria. Intensificó la presión de sus caricias, hasta que Malik la hizo rodar sobre la espalda y, colocándose sobre ella, le hizo sentir el extremo de su sexo entre las piernas.

–¿Tienes preservativos? –susurró ella.

–No los necesitamos.

Gracie recordó súbitamente.

–Perdona, no...

–No te preocupes –Malik la besó apasionadamente–. Tú eres todo lo que quiero, Gracie. Todo lo que necesito.

–Y tú todo lo que yo necesito, Malik –dijo ella, exhalando al sentir que la invadía, llenándola plenamente.

Entrelazó las piernas a la cintura de Malik al tiempo que él empezaba a mecerse en su interior, acomodándose a su ritmo, buscando, alcanzando...

–Malik... –exclamó Gracie.

Y no pudo decir más porque su cuerpo ascendió y ascendió con el de Malik hasta un punto en el que ambos estallaron al unísono en una explosión de fuegos artificiales. Malik ocultó el rostro en el cuello de Gracie mientras lo sacudían los últimos temblores.

A continuación, Gracie solo fue consciente de un súbito silencio en el que pudo oír el latido de su corazón. Malik seguía dentro de ella; entonces la besó y rodó hacia el lado. Gracie se sintió súbitamente sola, pero ese sentimiento se le pasó en cuanto Malik se volvió hacia ella y, sonriendo, le tomó la mano.

Permanecieron echados en silencio con los dedos entrelazados sobre el vientre de Gracie, y esta se preguntó qué acababa de ocurrir, qué significaba; y fue más consciente que nunca de que Malik no había hecho ninguna promesa

—¡Para! —Malik le apretó la mano.

Gracie lo miró sorprendida.

—¿El qué?

—Puedo verte pensar. No tienes nada que temer, Gracie. Ya te lo he dicho.

Ella se ruborizó. Él la besó y, pasándole el brazo por los hombros, la atrajo hacia sí.

—También me has prometido que cada noche será como esta —dijo ella, atreviéndose a bromear. Y Malik rio.

—Desde luego.

—¿Y los días? ¿Cómo serán?

—¿Cómo quieres que sean?

—No quiero estar encerrada en un palacio, ni que se me trate como a un florero.

—Por supuesto que no.

—Me gustaría ayudar con los planes de educación para las niñas.

—Me parece maravilloso. Juntos podemos modernizar el país.

—Como compañeros —dijo Gracie.

—Como compañeros —repitió Malik.

Gracie se acurrucó contra él con un profundo suspiro de bienestar. Quizá no se trataba de amor, pero podía llegar a serlo. Y por el momento, estaba decidida a ser feliz.

Capítulo 12

GRACIE despertó al día siguiente con un día precioso. Al ver que Malik no estaba a su lado sintió un vacío pasajero del que se recuperó al instante. Sentía más energía y determinación que hacía años ante la perspectiva de un futuro prometedor. Malik le había confirmado que serían compañeros. Y eso había apagado la ansiedad que la había dominado los días precedentes.

Se acercó a la ventana y contempló la espectacular vista del ondulante desierto que se extendía bajo un brillante cielo azul.

–¿Por qué sonríes? –preguntó Malik, que entraba en ese momento en la habitación, también sonriente y vestido informalmente en vaqueros y una camisa blanca.

–Por todo –dijo Gracie–. Hoy me siento muy feliz.

–Yo también –Malik tiró suavemente de ella, que se abrazó a su cintura y apoyó la cabeza en su pecho.

–¿Está Sam despierto? –preguntó.

–Sí. Hemos desayunado juntos y ahora ha ido a la piscina. Está con un miembro del personal –Malik estrechó los brazos en torno a Gracie–. He pensado que hoy podíamos hablar con él y decirle quién soy.

Gracie se tensó instintivamente, pero sabía que era lo correcto.

–Muy bien,

–Vamos a montar a caballo por la sierra. Durante

la excursión tendremos la oportunidad de contárselo –Malik hizo una pausa–. A partir de ese momento, las cosas avanzarán rápidamente, Gracie. No quiero que te tome por sorpresa.

Gracie rio.

–No sé si alguna vez estaré preparada. Yo también tengo que poner en orden algunas cosas, Malik –alzó la cabeza para mirarlo–. Quiero llamar a mis padres. Me gustaría que vinieran a la boda –al ver que Malik vacilaba, preguntó–: ¿Hay algún problema?

–No, pero tenemos que celebrarla lo antes posible para evitar que alguien cuestione los derechos de Sam. No creo que puedan llegar a tiempo.

–¿No podemos esperar unos días?

–El tiempo apremia –Malik vaciló de nuevo–. Pero si es tan importante para ti, haré lo posible.

–¿De verdad? –a Gracie le emocionó que tuviera en cuenta sus deseos.

–Sí, claro. Otra opción es que organicemos una celebración formal en un par de semanas, a la que puedan llegar tus padres y tu familia.

Gracie asintió. Si Malik estaba dispuesto a ceder, también lo haría ella.

–Me parece bien –dijo. Y sonriendo, lo besó.

Una hora más tarde, cabalgaban por la sierra. Al cabo de una hora, se detuvieron para que los caballos bebieran en un arroyo.

–Me alegro de que haya un helipuerto –dijo Gracie, masajeándose los muslos–. Una semana sobre un camello acabaría conmigo.

–Tendrás que practicar más –bromeó Malik al tiempo que le tomaba de la mano para que se sentara en la manta que habían preparado los sirvientes con una picnic de dátiles, higos, queso fresco y fiambre.

–No estoy tan segura –dijo Gracie, tomando un

higo–. En cambio no me costaría nada acostumbrarme a vivir como en un hotel de cinco estrellas.

–Me alegro.

–Te va a costar volver a casa a cocinar y fregar platos –bromeó Sam en ese momento, sentándose a su lado.

Malik y Gracie intercambiaron una mirada.

–Por cierto, Sam –dijo él con especial amabilidad–. ¿Qué te parecería quedarte en Alazar más tiempo?

–¿Más tiempo? –Sam masticó un dátil–. ¿Cuánto?

Gracie contuvo el aliento, preguntándose cómo iba a explicarle Malik la situación. Y cómo reaccionaría Sam.

–Me refiero a... –empezó Malik con cautela– la posibilidad de quedarte a vivir en Alazar.

Sam lo miró atónito y luego dirigió una mirada teñida de sospecha y confusión a Gracie.

–¿Estás pensando en que nos mudemos?

–Bueno, sí... Puede. Solo si... –Gracie pidió ayuda a Malik con la mirada.

–Habéis venido a Alazar por un motivo, Sam –dijo él con firmeza–, no solo de vacaciones o porque yo sea amigo de tu madre. Soy más que un amigo. De hecho, pensamos casarnos –Malik mantuvo la mirada fija en Sam mientras este lo miraba con ojos desorbitados.

–¿Vas a ser como... mi papá? –preguntó con una mezcla de esperanza e incredulidad.

–De hecho, no sería «como» tu papá –Malik sonrió con una ternura que conmovió a Gracie–. Soy tu padre, Sam.

–¿Qué? –casi gritó Sam. Miró a Gracie confuso–. Mamá siempre ha dicho que no podía localizar a mi padre.

–Porque no podía. Yo no supe de tu existencia

hasta hace poco; si no, habría formado parte de tu vida, te lo aseguro –dijo Malik con tal sinceridad que Gracie tuvo que contener las lágrimas.

Sam se concentró en la manta. Era evidente que su mente procesaba la información aceleradamente. Gracie le apretó el hombro afectuosamente.

–Pero tú eres sultán –dijo Sam finalmente, alzando la cabeza. Malik asintió esperando a lo que pudiera añadir–: ¿Qué significa eso para mí?

La velocidad a la que hizo la conexión confirmó lo inteligente que era su hijo.

–Significa que tú serás sultán después que yo.

–Sultán... –Sam miró en la distancia.

–¿Cómo te hace sentir eso, Sam? –preguntó Malik.

Sam se puso en pie y dio una patada al suelo.

–No lo sé.

–Necesitas tiempo para asimilarlo. Por ahora, nada cambiará.

–Ya ha cambiado –dijo Sam en tono acusador–. ¿Voy a poder volver a mi casa en Illinois?

–Claro –Malik dijo con calma–. De visita.

–No quiero decir de visita –Sam replicó, sus ojos brillantes por la rabia y las lágrimas–. ¿Por qué me has mentido hasta ahora? ¡Te odio! –exclamó y se alejó a grandes zancadas.

Gracie hizo ademán de seguirlo, pero Malik la detuvo.

–Déjale. El personal lo vigilará –aunque habló con gesto impasible, Gracie percibió que se sentía herido.

–No te está rechazando a ti, Malik. Solo necesita tiempo.

Malik sonrió con tristeza.

–Lo sé.

Siguieron comiendo en silencio, con Sam agazapado entre las rocas, a varios metros de distancia.

Gracie habría querido consolar a los dos hombres de su vida, reunir aquella familia tan poco convencional y fortalecer los lazos que la unían.

Mirando de reojo a Malik, reflexionó sobre su rechazo al amor, al que se había referido con desdén culpándolo de la fragilidad de su padre. Pero ¿qué temía Malik: ser débil o ser herido? ¿Cómo convencerlo de que valía la pena arriesgarse a perder?

Volvieron al palacio abatidos. A medio camino, Malik les hizo una señal para que lo siguieran hacia una plataforma rocosa.

–Aquí es donde mi antepasado, el sultán Raji al Bahjat acampó cuando atacaban los otomanos –dijo con voz pausada–. Guio a su pueblo hacia la victoria a pesar de tenerlo todo en contra –posó la mano sobre el hombro de Sam–. Fue un gran líder. Y también fue tu antepasado.

Sam guardó silencio y Gracie, que estaba acuclillada en una roca, temió que el corazón le saltara del pecho.

–Tú eres su descendiente, Sam –continuó Malik–. Por tus venas corre sangre de sultanes y reyes. Llevas Alazar en la sangre –Malik tomó un puñado de arena y la apretó contra la palma de la mano de Sam–. Puede que ahora te resistas a aceptarlo porque te resulta una tierra extraña, pero es la verdad.

Sam lo miró fijamente. Luego dejó caer la arena.

–Quiero volver a casa –dijo. Y dando media vuelta, se alejó de Malik.

Gracie se puso en pie con el corazón encogido.

–Malik... –empezó. Pero este la ahuyentó con un gesto de la mano.

Cabalgaron en silencio hasta el palacio. En cuanto entraron, Malik y Sam desaparecieron y dejaron a Gracie sola y apesadumbrada. Ambos estaban sufriendo, y ninguno de los dos quería su consuelo.

Decidió llamar a sus padres y tener la conversación que ya había pospuesto demasiado.

–¿Te vas a quedar en Alazar? –preguntó su madre asombrada e inquieta con la noticia de que se iba a casar con Malik.

–Sí. Sam tiene aquí su sitio. Y yo también –Gracie cerró los ojos, batallando contra la incertidumbre que sentía y que le hacía consciente de la fragilidad de sus circunstancias.

–Pero Oriente Medio... está muy lejos.

–Malik ha prometido que podéis venir siempre que queráis. De hecho, en un par de semanas daremos una recepción por la boda y me encantaría que vinierais.

–Claro, cariño, no me lo perdería por nada del mundo –dijo su madre con una dulzura que puso a Gracie al borde de las lágrimas. Ese era el apoyo que necesitaba.

Sam permaneció en su dormitorio durante la cena y Gracie intentó entablar conversación con Malik infructuosamente.

–Perdona –dijo Malik mientras un sirviente retiraba los platos. Se masajeó las sienes con gesto preocupado–. He estado distraído y no solo por Sam. Me preocupan asuntos de Estado.

–Lo siento –dijo Gracie–. ¿Puedo hacer algo para ayudarte?

Malik negó con la cabeza.

–No, pero debemos volver a Teruk antes de lo que esperaba.

Gracie fue a la cama sola porque Malik dijo que tenía que trabajar, y eso era lo que la esperaba en el futuro. Se abrazó a la almohada. ¿Pasaría las noches sola, con su marido ausente y su hijo enfadado y rabioso? En aquel momento, todo parecía un gigantesco error.

Finalmente se quedó adormecida, pero despertó en cuanto sintió a Malik meterse en la cama. Mecánicamente se volvió hacia él y le enterneció que Malik la abrazara y ocultara el rostro en su cuello.

–Te necesito, Gracie –susurró. Y la besó apasionadamente, acariciándola con manos ávidas por debajo del camisón, con una ansiedad que ella comprendió bien.

No había podido reconfortarlo antes, pero podía hacerlo en aquel momento, con su cuerpo respondiendo a su anhelo, entregándose a la exquisita liberación que les proporcionaría la unión de sus cuerpos.

–Por favor, tócame –musitó Malik–. Necesito sentirte.

–Oh, Malik –Gracie le besó el pecho con los ojos inundados de lágrimas y fue descendiendo, dejando un rastro de besos con los que quería transmitirle todo el amor que sentía por él.

–Gracie... –gimió él, posando las manos en sus hombros y arqueándose instintivamente al ver que bajaba por su vientre.

Gracie vaciló porque no lo había hecho nunca, pero quería demostrarle cuánto lo amaba y ofrecerse a él plenamente, en aquel momento y para siempre.

Malik exhaló cuando Gracie lo tomó en su boca. Él enredó los dedos en su cabello y Gracie encontró placer en la generosa ofrenda de amor que le estaba entregando.

Malik alcanzó el clímax con un prolongado gemido; su cuerpo todavía temblaba cuando la atrajo hacia sí y la tumbó boca arriba para penetrarla profundamente. Gracie le rodeó a su cintura con las piernas, dejando escapar el aliento bruscamente ante la inesperada invasión.

Malik apoyó la frente en la de ella mientras se movía acompasadamente.

–¿Te hago daño?

–No –lo tranquilizó Gracie, arqueándose para ayudarlo a profundizar aún más–. Tú no puedes hacerme daño, Malik.

Y estuvo a punto de decirle que lo amaba, pero reprimió el impulso y pronto el placer la cegó. Sus cuerpos se movieron sensualmente al unísono, sus bocas se encontraron jadeantes, sus manos se buscaron, hasta que el clímax alcanzó a Gracie, estremeciéndola hasta la médula, dejándola lasa y saciada.

Malik rodó hacia el lado, atrayéndola hacia sí, de manera que sus cuerpos permanecieron entrelazados. Ocultó el rostro en el cabello de Gracie y esta sintió que temblaba de pies a cabeza. Ninguno de los dos habló. Su comunicación silenciosa era perfecta y pura.

–Falta poco.

Malik miró a su abuelo en la pantalla.

–¿Qué quieres decir? –preguntó, aunque creía adivinarlo.

–Me estoy muriendo –dijo Asad sin rodeos–. Solo me quedan semanas, tal vez un mes –cerró los ojos con un estremecimiento de dolor. Luego lo abrió y miró a Malik con severidad–. Tengo mucho que decir y poco tiempo.

–Di lo que quieras –dijo Malik. Sentía el corazón en un puño; los últimos días había experimentado emociones demasiado intensas. El día anterior había padecido el rechazo de Sam, y luego había vivido una pasión desmedida con Gracie. Solo recordarlo lo excitaba y lo preocupaba a partes iguales. Se había mostrado vulnerable ante ella... Y, sin embargo, había sido tan perfecto...

–He estado reflexionando –dijo Asad pausadamente–. Y temo haber sido demasiado severo contigo todos estos años.

Malik no supo qué decir mientras recordaba sus crueles palabras, los castigos, el espartano régimen de vida. Sí, su abuelo había sido severo. Pero era tarde para que se arrepintiera o para perdonarlo.

–Me preocupaba conseguir la estabilidad de Alazar –continuó Asad–, y temo que tú hayas pagado el precio. Igual que Azim.

–Lo sé.

–Temía que fueras como tu padre.

–Espero no haberte desilusionado demasiado –dijo Malik con aspereza.

–No, pero sigo temiéndolo. Con esa mujer... no cometas el mismo error que tu padre. No ames a una mujer hasta tal punto que te debilite. Él lo perdió todo cuando murió tu madre. No arrastres a tu país a la ruina; no destroces tu propia alma. Te lo he dicho siempre: el amor es debilidad.

Malik mantuvo el gesto impasible. Todavía podía percibir el aroma de Gracie en su piel, y recordaba hasta qué punto se había mostrado vulnerable ante ella. «Te necesito, Gracie», le había dicho. Haber admitido su desesperación en un momento de debilidad era una prueba de aquello ante lo que su abuelo quería ponerlo en guardia.

–No la amo –dijo con frialdad.

Y no mentía. O al menos no quería mentir. Él mismo había experimentado el poder que tenía Gracie sobre él, la sensación de sentirse incompleto sin ella. Pero la semana anterior había transcurrido en una burbuja. La realidad era un matrimonio de conveniencia, una vida entregada al deber y al trabajo incesante. Nada que tuviera que ver con un concepto nebuloso y traicionero como el amor.

–Bien –dijo Asad, obviamente cansado por el esfuerzo de hablar–. Cásate con ella y mantenla alejada. Ahora, necesito que vuelvas a casa.

–Saldremos hoy mismo.

Tras la conversación, Malik permaneció en su dormitorio contemplando el paisaje. Se oían los primeros pájaros de la mañana, pero el resto del palacio permanecía en silencio.

Había llegado el momento de poner su plan en acción. Celebraría una discreta ceremonia de boda con Gracie y anunciaría la existencia de Sam. No podía esperar a que su hijo aceptara su nueva situación. Asad estaba moribundo y los buitres empezaban a sobrevolar la corte.

–¿Qué sucede? –Gracie vio el gesto preocupado de Malik y sintió un peso en el pecho. Había ansiado verlo después del intenso encuentro de la noche anterior, pero en aquel instante sintió una súbita aprensión–. ¿Qué ha pasado?

–Mi abuelo ha empeorado –dijo Malik tras una pausa–. Su final ha llegado antes de lo que esperábamos.

–Lo siento mucho, Malik –Gracie sintió un inmenso alivio al saber que ella no era la causa de aquel gesto de contrariedad–. ¿Quieres volver a Teruk?

–Sí. Esta misma tarde –Malik se pasó la mano por el rostro–. Todo va a acelerarse.

–Lo comprendo.

Gracie habría querido sentir a Malik más próximo, pero en aquel momento mantenía la actitud distante y fría que lo convertía en un extraño. Y, sin embargo, pronto se casarían.

Una hora más tarde, subían al helicóptero. Aunque permaneció callado, Gracie intuyó que Sam ya no estaba enfadado. Sabía que su hijo se adaptaría a su nueva vida y que asumiría los retos y oportunidades que representaba.

En aquel momento, le inquietaba más la actitud de Malik. La noche anterior, había llegado a creer que la amaba; su cuerpo lo había manifestado, pero era evidente que había querido interpretar su comportamiento de acuerdo a sus propios deseos.

A plena luz del día, la dominaba con más fuerza que nunca la inquietud. Anhelaba que Malik le sonriera, le apretara la mano, pero él permanecía completamente aislado, callado y protegido tras una máscara. Ni siquiera le dirigía la mirada.

Para cuando el helicóptero empezó a descender sobre Teruk, Gracie era un puro manojo de nervios. Intercambió una mirada con Sam y este le guiñó un ojo.

—Todo irá bien, mamá

Gracie le devolvió la sonrisa, admirada por la fortaleza de su hijo. Iba a ser un gran líder.

Ya en el palacio, Malik se encerró en su despacho y Gracie fue conducida al harem. Las habitaciones que antes le habían parecido cómodas y lujosas, le resultaron de pronto jaulas de oro. ¿Iba Malik a hacer el anuncio? ¿Cuándo se casarían?

Recorrió la sala arriba y abajo, ansiosa por obtener respuestas y aún más por ver a Malik, por tener a su lado su sólida presencia, su fuerza, su sonrisa.

El sonido de las aspas de un helicóptero hizo que se acercara a la ventana. Vio que el helicóptero aterrizaba y se preguntó qué otra persona relevante podía haber llegado a palacio.

Una hora más tarde lo supo, cuando la sirvienta que les había atendido el día de su llegada le llevó la cena.

—Gracias —musitó Gracie—. ¿Sabe quién ha llegado a palacio?

–¡Sí, es una noticia increíble, un milagro! –exclamó la mujer con los ojos desorbitados.

–¿Quién es? –preguntó Gracie con impaciencia.

–El hermano de Su Alteza Real, que desapareció hace veinte años. Su Alteza Azim, el heredero al trono, ha vuelto para ocupar el lugar que le corresponde por derecho propio.

Capítulo 13

MALIK observó al hombre de cabello oscuro y gesto amenazador, vestido con un traje italiano, que tenía ante sí. Hacía veinte años que no veía a su hermano, pero no tenía la menor duda de que se trataba de Azim.

Una cicatriz le cruzaba la cara desde el rabillo del ojo hasta el mentón.

–Azim –Malik habría querido abrazarlo, pero estaba paralizado. Su hermano permaneció callado–. ¿Qué ha pasado? ¿Por qué estás aquí?

–¡Veo que no soy bienvenido! –contestó Azim, destilando sarcasmo.

–Por supuesto que eres bienvenido. Es solo... estoy en estado de shock, Azim. Te dábamos por muerto. No hemos sabido nada de ti en tantos años...

Malik sacudió la cabeza. Había pasado la hora anterior redactando una nota para anunciar su matrimonio con Gracie y presentar a Sam como su heredero. Había estado tan concentrado que ni siquiera había oído aterrizar el helicóptero. Un sirviente le había anunciado la llegada de su hermano.

–Estaba muerto –dijo Azim impasible–, pero he resucitado y he vuelto.

–Me alegro tanto...

–¿Seguro? –preguntó Azim escéptico.

Malik tardó unos segundos en entender qué insinuaba.

–Has vuelto para reclamar tu puesto como sultán –dijo pausadamente.

–¿Vas a cuestionar mis derechos?

Malik alzó la barbilla y con gesto orgulloso dijo:

–No soy un usurpador.

El rostro de Azim se relajó.

–Me alegro de oírte decir eso.

La mente de Malik trabajaba aceleradamente para registrar aquella sobrecarga de información.

–Por favor, siéntate –dijo–. Tenemos mucho de lo que hablar.

Azim asintió con gesto serio. Se sentaron y Malik ordenó que le llevaran té. Cuando el sirviente los dejó solos, observó las facciones marcadas de Azim, su actitud alerta, como si estuviera pendiente de un posible ataque.

–¿Dónde has estado todos estos años? –preguntó.

Azim lo miró un instante y luego desvió la mirada.

–Logré escapar de mis secuestradores. Ahora estoy aquí.

–Eso es evidente, pero faltan muchos más detalles. ¿Quién te secuestro? ¿Cómo escapaste? ¿Por qué no has vuelto hasta ahora?

Azim resopló.

–Si la memoria no me falla, me secuestró un sirviente a las órdenes de Enrico Salvas.

–Salvas... –repitió Malik. Le resultaba familiar–. Asad estaba negociando con él un contrato para la provisión de telecomunicaciones...

–Por lo visto, las condiciones no le gustaron –dijo Azim con aspereza–. Pero el sirviente actuó por su cuenta, y cuando Salvas se enteró, le exigió que se deshiciera de mí para que nadie lo vinculara al crimen.

–¿Que se deshiciera de ti cómo? –preguntó Malik con el corazón en un puño.

–Me abandonó en un suburbio de Nápoles tras darme una paliza con la que creyó haberme matado. Cuando desperté, alguien me había llevado al hospital. Sufría de amnesia. He reunido la información que acabo de darte tras haber investigado, no porque lo recuerde. De hecho, no recuerdo nada de mi infancia.

Malik lo miró horrorizado. Los doce primeros años de su vida, su hermano había sido su mejor amigo, y la idea de que no recordara nada de aquel tiempo le resultaba profundamente dolorosa.

–¿Cuándo averiguaste quién eras?

–Hace poco, viendo un programa en televisión sobre Alazar –Azim miró por la ventana–. Dijeron que Asad estaba muy enfermo y que tú serías el sultán. De pronto me asaltaron los recuerdos, aunque sigo teniendo algunas lagunas.

Malik asintió.

–Así que has vuelto para ser sultán.

Azim alzó la barbilla.

–Sí, pero no podré gobernar solo.

–¿Quieres mi ayuda?

Azim se encogió de hombros a modo de confirmación.

–Me he convertido en un extraño para mi país.

–Te asistiré en todo lo que necesites –dijo Malik sin titubear.

–Gracias –Azim inclinó la cabeza. Luego lo miró con suspicacia–. ¿No echarás de menos ser el heredero?

–No –dijo Malik con una franqueza que no dejaba lugar a duda–. En cierto sentido, va a ser un alivio.

El sultanato había sido una imposición, una carga que había asumido por sentido del deber. ¿Pero estar liberado de ella, libre para hacer con su vida lo que quisiera...? ¿No estar obligado a casarse con Gracie...?

Malik se quedó helado. ¿Por qué iba a Gracie a casarse con él? Sam ya no sería sultán. Ya nada tenía que suceder como había planeado.

–Tengo la sensación de que sientes dudas –observó Azim con frialdad.

–No... no sobre el sultanato –Malik sacudió la cabeza como si con ello pudiera aclarar su mente.

Prácticamente había arrastrado a Gracie al altar. Con el cambio de circunstancias, ella estaría encantada de marcharse; Sam se sentiría feliz de poder volver a Illinois. Ambos recuperarían la libertad que tanto anhelaban. Él había dejado a Gracie claro que nunca podría proporcionarle el tipo de relación que ella ansiaba tener. No había amor entre ellos. Ella había estado dispuesta a casarse con él por su sentido de la responsabilidad, pero si podía elegir...

Malik no podía soportar la idea de ver la expresión de alivio que Gracie pondría cuando le dijera que estaba libre. En cuanto a Sam... ¿qué harían, firmar un acuerdo de custodia por el que podría verlo cada seis semanas? ¿Las vacaciones de verano? Solo migajas, comparado con la relación que había soñado con establecer con su hijo.

Darse cuenta de que había llegado a creer en un cuento de hadas lo dejó helado. Había sido un estúpido, tan débil como su padre. Pero demostraría que era fuerte. Sería él quien diera el primer paso.

–No pienso pelear contigo, Azim –repitió. De eso no tenía la menor duda–. Tú eres el primogénito, el heredero por derecho propio.

–Me alegro de que estés de acuerdo. Temía que te hubieras acostumbrado al poder y al lujo.

Malik ladeó la cabeza.

–Tengo la sensación de que estás enfadado conmigo.

–No –Azim se masajeó las sienes. Malik tardó unos segundos en darse cuenta de por qué.

–Padeces dolor –dijo–. Estás herido...

–Se trata de una herida antigua. No te preocupes –Azim bajó las manos. Adoptando un tono airado, añadió–: Sí estoy enfadado, pero no contigo, sino con quienes me separaron de mi hogar; enfadado porque he desperdiciado veinte años de mi vida.

–¿Qué has hecho desde...?

Azim miró por la ventana.

–Basta con que sepas que conseguí salir del agujero –se volvió hacia Malik con una fría sonrisa–. Ahora quiero reclamar mi posición y mi destino como sultán de Alazar.

–Como debe ser –dijo Malik. Aunque eso lo dejara a él sin nada, solo.

–Tendrás que romper tu compromiso con Johara –dijo Azim–. Le corresponde ser sultana, así que ahora es mi prometida.

–Ya lo he roto –dijo Malik con igual frialdad–. No necesitas darme órdenes.

Azim frunció el ceño.

–¿Por qué has roto con ella? ¿Es «mercancía dañada»?

–Claro que no –Malik frunció el ceño ante el tono de Azim. Su hermano siempre había sido más duro que él, pero los años lo habían convertido en alguien tan frío como Asad–. Si alguien tiene un problema soy yo –hizo una pausa. Todavía le dolía reconocerlo–. Soy estéril.

Azim lo miró impasible.

–Comprendo.

–Tengo un hijo de un... encuentro hace diez años. Pensaba casarme con la madre para legitimar a Sam.

–¿Y ahora? –preguntó Azim.

–Ya no es necesario –Malik no quería verbalizarlo, pero sabía que debía hacerlo–. Los enviaré de vuelta a su país.

–Muy bien. Tendremos que hacer el anuncio oficial de mi vuelta lo antes posible.

–Por supuesto.

Azim se puso en pie y Malik lo imitó. Tras unos segundos, inclinó la cabeza en señal de respeto y observó a su hermano, el futuro sultán, saliendo de la sala.

Gracie estaba en el harem con los nervios a flor de pie. Sam estaba sentado al borde de la piscina, chapoteando con los pies en el agua.

–¿Y ese señor es mi tío? –preguntó con gesto contrariado. Y Gracie rio con nerviosismo.

–Supongo que sí.

–¿Y lo raptaron?

–Eso es lo que me dijo tu padre.

–Así que ser sultán es peligroso.

Gracie le pasó el brazo por los hombros.

–Sam, tu padre siempre te mantendría a salvo.

–Lo sé, pero... –Sam estaba al borde de las lágrimas–. Me gusta Alazar, pero también Illinois. No quiero que todo cambie tanto.

–Yo siento lo mismo, Sam –dijo Gracie–. Pero ¿no es una buena idea que estemos juntos, que tu padre esté a tu lado?

–Sí –Sam asintió con la cabeza–. Puede.

–Malik vendrá pronto –prometió Gracie– y nos lo explicará todo. Todo irá bien, Sam.

Ella misma tenía que esforzarse en confiar en Malik y combatir los recuerdos que la asaltaban de otro tiempo en el que nada había sido lo que parecía y su mundo había colapsado. En aquel entonces, había

descubierto que Malik era el heredero de un sultanato.
¿Qué sorpresa podía destinarle en aquella ocasión el
destino?

Oyó abrirse una puerta y el eco de unos pasos.
Malik apareció en la puerta con la mirada velada y
semblante impenetrable. Gracie se puso en pie precipitadamente.

–Malik...

–Tenemos que hablar.

–Muy bien –Gracie sintió retumbar el corazón en
su pecho. La actitud de Malik no auguraba nada
bueno.

–Espéranos aquí, Sam –dijo Malik, dedicando a su
hijo una sonrisa forzada–. Tengo que hablar con tu
madre.

Sam asintió, titubeante, y Gracie siguió a Malik al
interior.

–Malik, ¿qué está pasando? –preguntó en cuanto
Malik cerró la puerta y, dándole la espalda, se acercó
a la ventana–. ¿Ha vuelto Azim?

–Sí. Ha sufrido amnesia hasta que hace unos días
vio a mi abuelo en las noticias.

–Dios mío...

–Él será el sultán –dijo Malik en tono apagado.

Gracie parpadeó mientras intentaba comprender.

–Porque es el primogénito –dijo pensativa.

–Sí.

Así que Malik ya no sería sultán. Ni Sam su heredero. La primera oleada de alivio fue seguida por otra
mucho más perturbadora.

Aquella noticia lo cambiaba todo... y en cierto sentido nada, puesto que ella seguía amando a Malik y
quería estar con él... ¿pero qué quería Malik?

–Comprenderás que ya no tengamos por qué casarnos –dijo Malik, manteniéndose de espaldas a ella.

Sus palabras golpearon a Gracie como un mazo

–¿Por qué no? –logró preguntar en un susurro.

Malik finalmente se volvió hacia ella. Con un gesto que no dejaba intuir la menor emoción, explicó:

–Ya no necesito asegurar mi sucesión. Supongo que es una buena noticia para ti, Grace. Nunca has querido vivir en Alazar, y Sam no quería ser sultán.

–No me llames Grace –dijo ella temblorosa.

Malik la miró sin alterarse.

–¿Por qué no?

–Porque es el nombre que usas cuando quieres mantenerte distante –replicó Gracie–. No puedes hacerme esto, Malik, después de todo lo que ha pasado. No puedes cortar todo vínculo conmigo cuando te conviene.

–Me limito a mencionar los hechos.

–¿Los hechos? ¿Y qué hay de lo que hemos compartido estos días? ¿Qué pasa con nosotros?

Malik la observó prolongadamente.

–No hay un «nosotros», Grace.

–¿Así que no ha significado nada para ti? –Gracie sentía su corazón haciéndose añicos.

–Lo hemos pasado bien –dijo Malik con desdén–. No finjas que no estás aliviada. No querías casarte conmigo. No habría podido darte más hijos...

–Nada de eso me importaba.

–En cierta medida, estoy seguro de que sí.

Gracie percibió un dolor soterrado en el tono de Malik y se le encogió el corazón.

–Malik...

–Ahora Sam y tú podéis recuperar vuestras vidas –dijo él fríamente–. Lo que hay entre tú y yo no es amor.

–Tienes razón –dijo entonces Gracie pausadamente, negándose a humillarse ante él.

Malik la observó durante una espantosa fracción de segundo con un helador rictus.

–Estupendo. Así que todos contentos.

Gracie sintió el dolor atravesarla como el filo de una navaja.

–¿Y Sam? Ayer supo que eras su padre y ahora ¿vas a desaparecer de su vida?

Malik apretó los dientes.

–No voy a desaparecer. Iré a visitarlo...

Gracie rio con desdén.

–Creía que empezabas a sentir algo por tu hijo, Malik. ¿Qué pretendes que le diga? ¿Qué ya no te interesa?

La incertidumbre ensombreció el rostro de Malik antes de que este volviera a componer una máscara de indiferencia.

–Le explicaré que las circunstancias han cambiado. Yo iré a verlo y él vendrá a visitarme. Muchos padres llegan al mismo acuerdo; es perfectamente razonable.

Gracie lo observó, demasiado perpleja, demasiado herida como para disimular sus sentimientos.

–¿Eso es lo que quieres? ¿De verdad?

Malik la miró con un brillo acerado en los ojos.

–Sí.

Gracie escrutó su rostro buscando una grieta en su coraza que le permitiera intuir al hombre que había debajo, el hombre que todavía no sabía que la amaba.

–¿Por qué haces esto? –preguntó con voz queda–. ¿Por qué la vuelta de tu hermano tiene que cambiarlo todo?

–Porque casarnos solo tenía sentido para asegurar mi sucesión –replicó Malik con impaciencia–. Lo sabías perfectamente, Grace.

Gracie se hundió. ¿Qué sentido tenía luchar? Era

evidente que Malik nunca había sentido nada por ella, que solo la había manipulado para alcanzar su objetivo.

—Pensaba que eras mejor hombre que eso, que tenías sentimientos; un hombre capaz de amar —se le quebró la voz, pero alzó la barbilla y añadió—: Se ve que estaba equivocada. Nos iremos mañana mismo —y sin esperar respuesta, fue en busca de su hijo.

Malik estaba junto a la ventana y vio el sedán aproximarse a la puerta del palacio. Gracie y Sam partirían pronto hacia el aeropuerto. Malik no los había visto desde la espantosa conversación que habían mantenido la tarde anterior.

Había decidido devolverle la libertad; había decidido no amar, no ser débil. Había preferido dar el paso antes de que lo diera ella. Pero en ese momento, al ver el coche que la alejaría de él para siempre, Malik se preguntaba si no habría cometido un error. ¿Y si Gracie le hubiera dicho que lo amaba?

Pero no lo había hecho. Había admitido que no había amor entre ellos. Eso le había confirmado que había hecho lo adecuado.

¿Por qué entonces sentía que se había equivocado?

Respiró profundamente para dominar el impulso de correr tras ella y suplicarle que se quedara. No podía hacerlo. La alternativa representaba arriesgarse... ¿a qué? ¿A ser humillado?

Con una espantosa sensación de vacío, se dio cuenta de que había actuado movido por el miedo. Miedo a ser como su padre, miedo no solo a ser débil, sino a permitir que el amor lo destrozara. Había pensado que alejándose de Gracie demostraba fortaleza pero ¿y si eligiendo ese camino, al renunciar a la vida, lo que

realmente había demostrado su padre era su incapaci-
dad a enfrentarse a la posibilidad de sufrir una nueva
pérdida, a vivir y amar de nuevo? ¿Era eso lo que él
estaba haciendo? ¿Estaba siendo un cobarde?

Esa idea lo golpeó con tal fuerza que lo dejó sin
aliento. Amaba a Gracie. Amaba a Sam. Y los estaba
dejando ir porque era demasiado cobarde como para
arriesgar su orgullo y su corazón.

Las puertas del palacio se abrieron y vio salir a
Gracie y a Sam. Gracie le pasaba el brazo por los
hombros y Sam se cobijaba en ella. Estaba pálida
pero alzaba la cabeza con gesto digno. Era más fuerte
de lo que él jamás hubiera imaginado. Malik sintió
una presión en el pecho que le hizo proferir un gemido de dolor. No podía permitirlo, no podía dejar
que Gracie volviera a salir de su vida mientras él se
echaba a un lado por un falso sentido del deber.

Malik dio media vuelta y corrió escaleras abajo.
Para cuando llegó a la puerta, el coche había partido y
ya cruzaba la verja del palacio.

Se quedó paralizado unos segundos con la respiración agitada. Oyó que alguien se aproximaba desde
detrás.

–Esa americana te importa mucho.

Malik se volvió lentamente con los hombros hun-
didos, como si toda energía lo hubiera abandonado.
Azim lo observaba con gesto impasible desde la
puerta del palacio.

–Sí –contestó–: La amo.

Decir esas palabras le hizo sentirse fuerte en lugar
de débil. Con Gracie a su lado se sentía capaz de cualquier cosa. Juntos podían lograr lo que se propusie-
ran.

–¿Y por qué le has obligado a marcharse? –preguntó Azim.

Malik cerró los ojos brevemente.

–No lo sé. He sido un idiota. Íbamos a casarnos por el bien del sultanato. Ahora que no es necesario... –suspiró–. No estaba seguro de que tuviera sentido. De que ella creyera que lo tuviera.

–¿No se lo has preguntado?

–No –Malik se frotó el rostro–. ¿Qué puedo ofrecerle? No soy sultán, no puedo darle hijos...

Azim guardó un prolongado silencio.

–Puede que nada de eso le importe.

La última persona de la que Malik esperaba recibir consuelo era su hermano. Azim hablaba con indiferencia, sin emoción, como si no sintiera nada, como un sultán impartiendo justicia.

Pero él sí sentía. Y anhelaba tener un futuro con Gracie que no estuviera basado en la necesidad, sino en el amor.

–Tienes razón –dijo Y pasando junto a Azim entró en palacio–. Tengo que decirle lo que siento.

En aquella ocasión no volarían en el avión de la familia real. Gracie y Sam esperaban en el aeropuerto de Teruk al embarque de su vuelo a Chicago. Tendrían que hacer tres escalas y tardarían casi treintaiséis horas en llegar a casa.

Sam había permanecido callado y taciturno desde que Gracie le había dicho que volvían a Illinois.

–¿Qué ha pasado? –había preguntado–. ¿Y papá?

Gracie había contestado con el corazón hecho añicos:

–Él se queda aquí, pero vendrá a visitarnos.

Sam la había mirado entre desconcertado y herido. Ella explicó:

–Te sigue queriendo, Sam, pero ahora que ha vuelto su hermano, Malik ya no va a ser el sultán. Y tú tampoco –había conseguido sonreír–. Supongo que eso es un alivio para ti.

–Sí... –Sam dio una patada al suelo–, pero me gustaba tener un papá...

–Sam... –Gracie había suspirado con el corazón en un puño.

¿Por qué actuaba así Malik? ¿Por qué les hacía tanto daño a ellos, incluso a sí mismo?

Gracie se reprendió por seguir confiando en que Malik sintiera algo por ella cuando había dejado claro que no era así.

Una azafata anunció el vuelo y Gracie guio a Sam hacia la puerta de embarque con la sensación de que las piernas le pesaban como plomo.

–Gracie.

Por un instante pensó que había imaginado que Malik la llamaba, pero volvió a oír su voz llamándola con más firmeza:

–Gracie.

Sam se giró.

–¡Papa!

Gracie se volvió lentamente. Malik estaba ante ella; su presencia despertaba la curiosidad de la gente que lo reconocía.

–¿Qué haces aquí? –susurró.

–He venido a buscaros –dijo él con la mirada ardiente–. He cometido un espantoso error.

–No podemos hablar aquí –dijo Gracie, consciente de que la gente intentaba oír qué decían.

–Si Su Alteza requiere una sala privada –indicó en ese momento un oficial del aeropuerto.

Malik asintió y unos minutos más tarde se encontraban en una pequeña sala con una mesa y varias sillas.

Los tres permanecieron de pie, mirándose. Hasta que Malik habló:

—Gracie, Sam, siento haberos hecho daño.

—Malik... —empezó ella. Pero no pudo continuar porque en su corazón albergaba una mezcla de esperanza y temor que la enmudeció.

—No debería haber dejado que os fuerais —Malik dio un paso hacia ella con gesto suplicante—. Tenía miedo. Creía estar demostrando fortaleza, al contrario que mi padre. Mi abuelo siempre me ha dicho que el amor abre la puerta al dolor y tiene razón. Porque jamás había sentido tanto dolor como al creer que te perdía, Gracie —miró a Sam con los ojos húmedos— Y a ti, Sam.

—Tampoco yo había sufrido nunca tanto —susurró Gracie, conteniendo las lágrimas a duras penas—. Me da lo mismo que seas o no sultán, Malik...

—A mí también —intervino Sam—. Yo solo quiero que seas mi padre.

—Y eso es lo que yo quiero ser —Malik tomó aire y volviéndose hacia Gracie añadió—: Y ser tu marido. Te amo, Gracie. Si me aceptáis, quiero compartir mi vida con vosotros.

—Malik... —musitó Gracie, y las lágrimas rodaron por su rostro al tiempo que se abrazaba a él.

Él la estrechó entre sus brazos y le besó el cabello, susurrando:

—Estoy desesperadamente enamorado de ti, Gracie Jones. Por favor, di que me aceptas.

—Claro que sí.

—¿Aunque no sea sultán? ¿Aunque no pueda darte hijos?

La vulnerabilidad de su voz conmovió a Gracie.

—Tú eres todo lo que quiero. Tú y Sam sois todo lo que necesito.

Malik miró a Sam, que los observaba en silencio.

–¿Y tú, Sam, me aceptas como padre?

Sam asintió con la cabeza y, lanzándose hacia ellos, les dio el mejor abrazo de sus vidas.

Por fin eran una familia de verdad, y para Gracie, ese era el sentimiento más maravilloso del mundo.

Bianca

¿Un matrimonio perfecto?

PASIÓN Y ENGAÑO

MIRANDA LEE

Scott McAllister, magnate de la industria minera, pensaba que Sarah era la esposa perfecta… hasta que creyó que su mujer había cometido adulterio. Cuando se enfrentó a ella, Sarah le sorprendió con su desafiante respuesta, lo que despertó en él el deseo de descubrir un desconocido aspecto de la sexualidad de su mujer.

A Sarah le había enfurecido que Scott creyera semejantes mentiras, pero estaba aún más enfadada consigo misma por no poder resistirse a la seductora magia de Scott. Su mutuo deseo y el atractivo de Scott eran sobrecogedores…

En un intento por salvar su matrimonio, la cama se convirtió en el campo de batalla. Aunque Scott se había propuesto convencer a Sarah de que si ambos se rendían los dos saldrían ganando…

Acepte 2 de nuestras mejores novelas de amor GRATIS

¡Y reciba un regalo sorpresa!

Oferta especial de tiempo limitado

Rellene el cupón y envíelo a
Harlequin Reader Service®
3010 Walden Ave.
P.O. Box 1867
Buffalo, N.Y. 14240-1867

¡Sí! Por favor, envíenme 2 novelas de amor de Harlequin (1 Bianca® y 1 Deseo®) gratis, más el regalo sorpresa. Luego remítanme 4 novelas nuevas todos los meses, las cuales recibiré mucho antes de que aparezcan en librerías, y factúrenme al bajo precio de $3,24 cada una, más $0,25 por envío e impuesto de ventas, si corresponde*. Este es el precio total, y es un ahorro de casi el 20% sobre el precio de portada. !Una oferta excelente! Entiendo que el hecho de aceptar estos libros y el regalo no me obliga en forma alguna a la compra de libros adicionales. Y también que puedo devolver cualquier envío y cancelar en cualquier momento. Aún si decido no comprar ningún otro libro de Harlequin, los 2 libros gratis y el regalo sorpresa son míos para siempre.

416 LBN DU7N

Nombre y apellido	(Por favor, letra de molde)

Dirección	Apartamento No.

Ciudad	Estado	Zona postal

Esta oferta se limita a un pedido por hogar y no está disponible para los subscriptores actuales de Deseo® y Bianca®.
*Los términos y precios quedan sujetos a cambios sin aviso previo.
Impuestos de ventas aplican en N.Y.

SPN-03   ©2003 Harlequin Enterprises Limited

Deseo

*Iba a poner toda el alma y el corazón
para que siguiera siendo suya*

RECUPERAR SU AMOR

CAT SCHIELD

La cantante Melody Caldwell le había dado varios meses al empresario Kyle Tailor para formalizar su relación, pero el destino había intervenido antes de que tomasen una decisión: Melody estaba embarazada.

Celos, miedo, ilusión. Kyle no sabía qué sentir al recibir la noticia de Melody. Había intentado proteger su corazón, pero entonces un admirador misterioso empezó a interesarse demasiado por ella y él se dio cuenta de que quería que Melody siguiese siendo suya y, para ello, tenía que tomar medidas…

Vendida a un multimillonario

UN JUEGO DE VENGANZA

CLARE CONNELLY

La aristocrática Marnie Kenington se hundió en la desesperación
cuando sus padres la obligaron a abandonar a Nikos Kyriazis;
pero no lo olvidó, y tampoco olvidó su sensualidad. Por eso,
cuando años más tarde insistió en reunirse con ella, el corazón
de Marnie se llenó de esperanza… hasta que Nikos se lo aplastó
bajo el peso de una fría e implacable amenaza: si no se casaba
con él, no daría a su padre el dinero que necesitaba para salvarse
de la bancarrota.

La traición juvenil de Marnie había empujado a Nikos a convertirse en un tiburón de las finanzas, y ahora estaba a punto
de vengarse de los Kenington. Además, el famoso aplomo de
Marnie no funcionaba en el dormitorio, y él sabía que podría
ajustar cuentas de la forma más tórrida.